KB113991

자객전서

수담 · 옥 新무협 판타지 소설

FANTASTIC ORIENTAL HEROES

자객전서 1

수담 · 옥 新무협 판타지 소설

초판 1쇄 찍은 날 § 2014년 3월 14일
초판 1쇄 펴낸 날 § 2014년 3월 18일

지은이 § 수담 · 옥
펴낸이 § 서경석

편집부장 § 권태완
편집책임 § 정수경

펴낸곳 § 도서출판 청어람
등록번호 § 제387-1999-000006호
등록일자 § 1999. 5. 31
어람번호 § 제2-2475호

주소 § 경기도 부천시 원미구 심곡2동 163-2 서경B/D 3F (우) 420-822
전화 § 032-656-4452팩스 § 032-656-4453
http://www.chungeoram.com
E-mail § chungeorambook@daum.net

ISBN 979-11-5681-922-6 04810
ISBN 979-11-5681-921-9 (세트)

자객전서

1

수담·옥 新무협 판타지 소설

[무림칠대불가공법]

FANTASTIC ORIENTAL HEROES

자객전서

작가의 말

한동안 글을 쓰지 못했습니다. 몸이 많이 아팠지만 주된 원인은 하나입니다. 수담이 이전에 긴 글을 썼던 원동력은 장르를 남다르게 생각했던 그 열정에 있었습니다. 글을 쓰면 제 주변인들에게 본의 아닌 피해를 줄 정도로 거의 그 작품에 미쳐서 생활을 했었지요. 그러니까 글을 쓰지 못했던 것은 바로 그 작가 열정을 한동안 상실했던 겁니다.

〈사라전〉을 집필할 때, 치열한 글쓰기가 아니라면 애초에 강호로 나오지 않았노라고 감히 주장했지요. 장르의 대세가 바뀐 현재에 이르러, 사십대의 수담이 다시금 그렇게 미쳐서 글을 쓸 수 있을까요? 장담은 할 수 없지만 한 가지는 약속드립니다. 강호에 다시 뛰어든 이상, 게으른 작가가 아닌, 겉멋을 부리는 중견 작가가 아닌, 장르를 무작정 동경했던 신예

작가의 초심으로 돌아가서 글쓰기를 하겠다고 말입니다.

〈자객전서〉는 오랜 시간 구상했던 글입니다. 그간 수담의 컴과 머릿속에서만 그 흔적이 남아 있었는데, 재기의 첫걸음을 이 작품으로 시작하려고 합니다. 수담의 치열한 글을 좋아하는 독자분이시라면 〈자객전서〉에 애정 어린 관심을 가져주길 바랍니다.

〈자객전서〉는 현재 거의 마무리되어 있는 상태입니다. 자객전서 이후에는 수담이 글을 중단했던 〈질주강호〉를 완결할 계획입니다. 〈질주강호〉를 보셨던 독자분들에게는 글을 중단한 것에 대해 이렇게 뒤늦게나마 머리 숙여 사죄드립니다.

수담.옥

인언(人言).

칼은 용자(龍子)의 무덤 안에서 불타고 있고,
검(劍)은 은자(隱者)의 노래 속에서 빛나고 있네.
대지를 가르는 권(拳)은 선인의 악한 심중에 있고,
하늘을 관통하는 창(槍)은 악인의 착한 심중에 있네.
눈을 홀리는 발자국은 망자의 영혼도 따라잡을 수 없으며,
가슴을 홀리는 꿈의 환영은 산 자의 영혼까지도 잠식하네.
오호, 많고도 많은 불가능의 법공.
그중에서 가장 위대한 법은 시공결(時空決)이라네.
사연은 심해처럼 깊고, 인연은 해와 달처럼 애달프니,
　연자의 과거는 이제 미래가 되고, 미래는 또한 과거가 되
네.

서장

귀환

경축!

야랑(夜郞) 담사연 월인촌 무사귀환!

이 글을 본 야랑은 즉시 풍월관으로 올 것!

—풍월관주 천이적.

봄의 약동에 북방의 찬바람이 물러가던 삼월의 첫날, 담사연은 신강대전을 마치고 월인촌으로 돌아왔다. 월인촌에 도착했을 때 마을 입구 성황당에는 그의 귀환을 반기는 현수막이 걸려 있었다. 그를 아직도 기억해 주는 촌민들이 있다는 뜻이지만 그는 그다지 감격스럽게 생각하지 않았다.

생존 확률 삼 할에 불과했던 무림 전장이다. 그는 그 지옥 속에서 무려 삼 년을 버티었다. 한 자루 칼을 들고 변방의 전장 속에 뛰어든 선배와 후배, 동료들 모두가 그곳에서 죽었다. 귀환의 희열을 느끼기에는 의미 없이 생을 마쳐 버린 전장의 넋이 그의 등에 너무 많이 붙어 있었다.

성황당을 지나친 그는 곧장 월인촌 중심부, 향나무 고목 맞은편의 단층 가옥으로 향했다. 월인촌의 지인들이 풍월관으로 오라고 했지만 그는 그곳보다 먼저 가봐야 할 곳이 있었다. 그가 어린 시절부터 일거리 찾기에 전전했던 이유, 문사의 꿈을 접고 돈에 팔린 용병이 되어야 했던 이유, 그의 유일한 핏줄인 형을 먼저 만나보아야 하기 때문이다.

가시나무로 둘러싸인 허름한 단층 가옥.

그의 집, 쾌활림(快活林)이다.

오래전 월인촌으로 이주했던 그날, 밝고 활기찬 숲이라는 뜻에서 형이 그렇게 이름 붙였다.

쾌활림의 사립문은 그가 신강으로 떠날 때도 그러했듯 문고리가 빠져 바람에 덜렁거리고 있었다. 낙엽 하나 없는 마당의 쓸쓸한 정경도 변함이 없었고, '쾌활림'이라는 뜻과 다르게 망자의 집 같은 암울한 기운이 휘도는 것도 여전했다.

그는 가옥 안채로 다가섰다. 안채엔 여닫이문 두 개가 나란히 붙어 있었다. 그는 오른쪽 문 앞에서 잠시 심호흡을 하고는 안으로 들어갔다.

여린 햇살이 스며드는 창문 아래에 낡은 침상이 놓여 있고, 그 침상 위에 병색이 완연한 깡마른 남자가 천장을 멍히 바라보며 누워 있다.

역한 냄새와 질식할 것 같은 고요.

삼 년이란 세월이 흘렀지만 달라진 것은 아무것도 없었다. 형은 언제나 저런 비참한 모습으로, 삶을 고집스럽게 이어가고 있었다.

인기척을 느꼈는지 형이 눈빛을 아래로 돌렸다. 고개는 움직이지 못한다. 오른쪽 손가락만 잠깐 움직일 수 있을 뿐, 거의 전신 마비로 하루를 보내는 중환자다.

그는 초점이 잡히지 않은 형의 퀭한 눈을 주시했다. 말을 하지 못한다고 해서, 표현을 하지 못한다고 해서 의사소통이 안 되는 것은 아니다. 침묵 속에서 형의 눈빛이 침상과 연결된 오른쪽 탁자로 향했다. 그곳 탁자엔 붓과 종이가 항상 준비되어 있다. 기력이 좋은 날이 되면 형은 그곳에서 오른손을 사용해 심정을 표현한다. 탁자의 종이에는 형이 그동안 힘들게 작성한 것으로 보이는 짧은 글이 적혀 있다.

愁歎弟苦神 — 수탄제고신

三載爲千秋 ― 삼재위천추

아우 생각에 영혼이 근심으로 물드니
삼 년이 천 년과도 같구나.

삼 년 만의 재회.

형은 언제나 그렇듯 짧은 글을 남겨 그의 심정을 울린다.

이럴 땐 괜히 형이 원망스럽다.

서로의 손을 반갑게 맞잡는 행위는 기대하지 않더라도 수고했다는 말 한마디만큼은 해줄 수 없었을까.

"그래요. 저도 형님 생각에 삼 년을 천 년처럼 보내고 돌아왔습니다."

그는 울적한 심정을 애써 감추며 뒤돌아 방을 나왔다. 세월이 지났지만 형과 그의 관계는 아무것도 달라지지 않았다. 앞으로의 생활 역시 아무것도 달라지지 않을 것이다.

1장

담씨 가문의 인간 거머리

'신마(新魔)의 난'이라 일컫는 신강대전이 발발하자 중원 무림은 정파와 사파로 나뉘어 다툼을 벌였던 전날의 관계를 청산하고 중원 무림 연합, 가칭 중무련을 조직해 신마교의 무리와 맞섰다. 아울러 중무련이 구성된 기간 동안엔 무림 단체의 전면전을 금지시키는 쟁금법을 강호에 공포했다. 무림 단체는 이유 여하를 막론하고 백 명 이상의 무인을 투입하는 전투를 할 수 없다는 것이다.

　쟁금법 공포 이후 무림은 외면적으로는 안정되었다. 시답잖은 이권을 두고 정파와 사파로 갈려 첨예하게 다투던 모습은 사라졌고 상황에 따라서는 충돌 일보 직전에서 서로 한발씩 물러나는 인내심을 보였다.

그러나 무림의 문파는 기본적으로 강호의 이권을 두고 다툴 수밖에 없는 구조였다. 특히 신마의 난이 평정된 작금에서는 강호 곳곳에서 전날의 대립 역사가 재현될 소지가 보였다.

이에 중무련은 무림의 충돌을 방지하고자 쟁금법을 향후 일 년 더 연장한다고 발표했다. 아울러 일 년 후에는 중무련을 무림연합맹으로 정식 발족시켜 초대 무림맹주를 뽑는다고 하였다.

정파와 사파가 통합된 무림맹은 강호의 역사에서 일찍이 없었던 일이다. 무림맹을 발족시켜 강호의 안정된 번영을 구하고자 했던 취지는 좋았으나 그 부작용이 상당히 드셌다. 무림맹이란 초거대 집단의 권력을 움켜잡고자 정파와 사파에서 치열한 암투가 벌어지게 된 것이다.

무림맹주의 후보에 오르고자 금력과 권력이 물결치듯 움직였다. 정파 동맹 동심맹과 사파 연합 사중천 사이에서 계략과 비방이 난무했으며 때에 따라서는 경쟁자를 사전에 제거하고자 자객을 고용했다.

자객이 암암리에 고용될 수 있었던 것은 쟁금법이 무림 단체의 충돌을 막을 수는 있지만 살수 행위를 비롯한 무인 개개인의 활동까지는 차단할 수 없었기 때문이다.

쟁금법 말소 시효까지는 앞으로 구 개월.

정파와 사파는 무림맹 출범 시기가 임박하자 최강의 자객을 보내어 상대 단체의 거물을 암살하였다. 평화의 시간은 이제 한계에 다다랐다. 어쩌면 구 개월이란 기간 이전에 쟁금법이 깨어질지도 모른다.

*　　　　*　　　　*

쾌활림으로 돌아온 담사연은 형의 몸을 돌볼 치료비를 마련하느라고 하루도 빠짐없이 풍월관으로 일을 나갔다. 피곤한 생활의 연속이지만 금액적인 면에서는 신강에서 일하던 시기보다 훨씬 못했다.

신강에서 용병 생활을 할 때는 정기적으로 수령하던 녹봉이 있었다. 용병 삼 년 차에 이를 때는 생명수당과 더불어 호봉이 상당이 덧붙어 형의 약재 값을 어려움 없이 마련할 수 있었다.

하지만 월인촌으로 돌아온 후로는 아무리 일을 열심히 해도 형의 약재 값을 마련하기에 부족했다. 때문에 그는 풍월관에서 가장 위험한 작업, 장성 너머 북방의 마적들을 상대하는 일도 마다하지 않았다.

"과연 야랑이야. 내 이번에도 자네가 잘 해낼 줄 알았어."

북방 마적들과의 교역 작업을 마친 후에 담사연은 풍월관에서 간단한 술자리를 가졌다. 풍월관주 천이적은 월인촌에서 청부 및 인력 대행 업소를 운영하고 있는데 일찍부터 담사연의 딱한 가정 사정을 알고 일자리를 주선해 주었다. 담사연에게 신강의 무림 용병 자리를 알아봐 준 이도 바로 천이적이다.

"킬킬, 적사단 애들이 깜짝 놀랐을 겁니다. 월인촌에 뭐 이런 놈이 다 있느냐고."

"사연아, 그곳 이야기 좀 해봐. 이번에 적사단 애들하고 한판 붙었어?"

술자리에는 풍월관의 잡무를 맡아보는 내외집사, 맹표와 맹적도 참석했다. 맹표와 맹적은 한날한시에 태어난 쌍둥이인데 체형과 용모가 똑같아 옷을 벗겨 놓을 경우 누가 누구인지 그들의 부인조차 파악을 못한다고 한다.

"대단한 일이 아닙니다. 전 물건을 전해주고, 정당한 값을 받아 왔을 뿐입니다."

담사연은 단조롭게 대답했다. 음성은 낮고 표정 변화는 그다지 없다. 그의 성격이 어떠한지 첫눈에 알아볼 수 있을 정도다.

"쳇, 재미없는 놈! 이런 날엔 좀 과장된 무용담을 전해주면 어디가 덧나?"

"하기야. 신강에서 살아 돌아온 후에도 그곳에서 겪었던 이야기는 한마디도 하지 않았던 너인데, 무얼 기대한 우리가 잘못이지."

모나지 않은 성격처럼 담사연은 무슨 일을 하더라도 과장된 즐거움이 없으며 격한 노함이 없다. 아무리 힘들어도 개인사는 말하지 않으며 누굴 원성하지도 않는다.

"고작 마적 몇 명을 상대했을 뿐입니다, 대단할 게 뭐가 있겠습니까."

"응? 고작이라고?"

담사연의 대답에 맹표와 맹적이 동시에 눈살을 찌푸렸다.

"야, 이놈아! 적사단 마적이 어떤 놈들인지 길에 가서 아무나 붙잡고 물어봐라!"

"북방으로 향하는 상인들이 시간이 남아돌아서 적사단 거주지를 피해가는 줄 알아?"

담사연은 그들의 반박에 피식 웃으며 술잔을 들었다. 그들의 심정을 모르는 바는 아니지만 그들이 평가하는 적사단과 그가 접한 마적들은 실체가 다르다. 관점의 차이이다. 적사단 마적들은 그가 신강에서 부딪친 신마교의 무인들과 비교하면 응석부리는 어린아이의 수준에 지나지 않는다.

"밤이 깊었으니 저는 그만 일어나겠습니다. 참, 관주님은 내일 정오에 저랑 좀 만나주셔야 하겠습니다. 따로 전할 얘기가 있습니다."

담사연은 말을 전하고 술자리에서 일어났다.

맹표와 맹적의 표정에 아쉬움의 감정이 지나갔다. 직업 동료이기에 앞서 혈기 왕성한 남아로서 담사연과 좀 더 같이 밤의 시간을 보내고 싶은 것이다. 하지만 그들은 더 붙잡지 않았다. 그렇게 늦은 시간도 아니건만 담사연이 왜 집으로 일찍 돌아가고자 하는지 그 이유에 대해 모르지 않는 것이다.

담사연이 입구로 걸어 나갈 때였다.

맹적이 문득 찌푸린 얼굴로 중얼댔다.

"젠장, 귀신은 뭐하고 있나 몰라. 담수질을 안 잡아가고."

담수질.

그 말에 담사연이 걸음을 멈췄다.

맹적은 담사연을 쳐다보던 얼굴을 급히 술상으로 돌렸다. 담사연은 선 자세에서 탁한 호흡을 한 번 내쉰 후에 술자리를 빠져나갔다.

*　　　*　　　*

담수질(澹水蛭).

담씨 가문의 거머리라는 뜻.

월인촌의 사람들이 담사연의 형, 담사후를 일컫는 별명

이다.

담사연도 형이 그렇게 불린다는 것을 모르지 않는다. 이유에 대해서도 수긍하는 점이 있다. 그러나 그는 남들에게 그 별명을 듣는 것을 아주 싫어한다. 모나지 않은 그의 성격에서 유일하게 화를 낼 때가 있을 정도다.

그의 형은 그에게 애증이 교차되는 사람이다. 솔직히 말하면 그의 인생에서 형은 미움보다 사랑과 존경심이 훨씬 더 우선하는 존재다.

그는 담수질로 불리기 이전의 형의 모습을 기억하고 있다. 그 시절 그의 형은 문무에 걸쳐 섬서성 제일의 기재라고 불렸다. 약관의 나이임에도 천하의 학사들이 고개를 숙일 정도로 학식이 깊었고, 정식으로 무공 입문에 들지 않았음에도 강호의 고수들이 논검을 하고자 앞다투어 형을 찾아왔을 정도로 무학에 조예가 깊었다. 그리고 한 가지 더, 형은 매사에 걸쳐 동생의 인생을 배려할 정도로 형제애가 깊었다.

언제인가 형이 물었다.

"사연이는 장래에 뭐가 되고 싶어?"

"훌륭한 문사. 그래서 천하제일의 학사가 되어 세상에 큰 이름을 떨치고 싶어."

그날 이후 형은 학문보다 무학 연구에 더 전념했다. 담씨세가에서 훌륭한 문사는 한 명으로 족하다는 이유였다. 아울러 형은 그때부터 동생에게 엄한 스승이 되어 학문을 가르쳤다. 담사연이 열두 살이 되기 전에 사서삼경을 달달 외울 수 있었던 것은 전적으로 형의 그런 노고 덕분이다.

형은 담사연과 열 살이나 차이가 난다. 유일한 혈육인데 아버지와 어머니의 정은 담사연의 기억에 그다지 남아 있지 않다. 중원의 명문가 출신이던 부모는 그가 여섯 살이 되던 해에 객지에서 요절했다. 형은 그런 부모를 대신해 그를 일찍부터 자식처럼 키웠다. 그래서 그에게는 형이 곧 아버지이자 어머니가 된다고 할 수 있다.

형과 그의 운명이 뒤틀리기 시작한 것은 담사연이 열두 살 생일을 맞던 날에 벌어진 사건으로 인해서였다. 중원의 무인들이 담씨세가를 방문했던 그날 밤, 끔찍한 사건이 벌어졌다. 어둠 속에서 칼날이 번쩍였으며 참담한 비명이 줄을 이었다. 형은 잠든 그를 안고 북방으로 도주했고 그러다가 그만 적의 괴이한 장공에 타격되어 반신불수가 되었다.

담사연은 그날의 원인과 과정을 잘 모른다. 그는 그때 인위적 수면 상태였고, 형은 그 일에 대해 철저히 함구했다.

감숙성으로 도주한 후 형과 그의 운명은 하루아침에 바뀌었다. 반신불수가 된 형은 고가의 약재와 타인의 간호 없이는 하루도 생을 이어갈 수 없는 무능력자가 되었고, 담사연은 그 형의 인생까지 책임져야 하는 소년 가장이 되었다.

월인촌에 거처를 정하던 그날, 형이 말했다.

"너의 삶은 내 것이 되었고, 나의 삶은 이제 네 것이 되었다. 그러니 오늘부터 너는 학문의 꿈을 접어야 한다."

담사연은 그때부터 무인의 칼을 들게 되었다. 비단 칼만 잡은 것이 아니다. 반신불수로 삶을 연명하던 형은 날이 갈수록 전신불수의 상태로 변해갔다. 그에겐 그런 형의 삶을 연장시켜야 하는 의무도 생겼다.

형은 처방전을 스스로 구했다.

전신마비의 증세를 돌볼 백혈정기산.

백혈정기산엔 고가의 각종 약재와 더불어 백년산삼이 필수 요소로 들어간다.

월인촌의 평범한 일거리로 약재 값 마련은 어림도 없다. 더구나 그러한 백혈정기산을 최소 두 달에 하나는 만들어야 한다. 때문에 담사연은 돈이 된다면 무엇이든 뛰어들어 일을 했다. 그 돈이 저자의 뒷골목 왈패의 돈이든, 유녀의 치마 속에서 나온 돈이든.

예전에 담사연은 이런 자신의 신세가 한탄스러워 처음이

자 마지막으로 형에게 화를 냈던 적이 있다. 그때 형은 한 가지 약속만 지켜달라고 그에게 요구했다.

"약속해 주렴. 절대로 이 형보다 먼저 죽지 않겠다고."

형은 생에 대한 집착이 징그러울 정도로 강했다. 증세가 악화되어 말도 못하고 표현도 못하는 신세가 되고서도 삶을 고집스럽게 이어갔다. 따라서 그날의 약속은 그의 남은 인생을 단단히 붙잡는 고리가 되고 말았다. 담사연의 사정을 딱하게 본 천이적의 도움이 아니었다면 어쩌면 그 약속도 지키지 못했을 수 있다.

쾌활림에 도착했다.

담사연은 형의 처소로 곧장 들어갔다.

"저 왔어요."

무응답이었다. 형은 멍한 얼굴로 천정만 바라보고 있었다. 보통의 상태와는 달랐다. 최소한 형의 눈빛 정도는 변화가 있어야 한다. 담사연은 형의 맥을 급히 짚어봤다. 감지하기가 힘들긴 해도 맥이 미약하나마 흐른다.

"휴우."

담사연은 안도의 숨을 내쉬며 침상 끝에 앉았다. 최근에 형의 상태가 심상치 않았다. 생기가 사라진 것은 물론, 형의 퀭

한 눈빛을 마주한 적도 한참 되었다. 어쩌면 삶의 마지막 순
간이 형에게 찾아오고 있는지도 모른다.

"!"

안타까운 심정으로 형의 얼굴을 바라보던 담사연은 문득
탁자로 시선을 돌렸다. 탁자 위의 종이에 새로운 글이 적혀
있었다. 생기가 마른 나날이었거늘, 형은 언제 깨어나 글을
적어 놓았단 말인가.

선제불사형(先弟不死兄).
동생은 형보다 먼저 죽으면 안 된다.

글은 새로 작성되었지만 그 뜻은 담사연에게 아주 익숙했
다. 그래서 더 가슴 아프고 더 안타까웠다. 대체 형은 무엇 때
문에 모진 목숨을 그렇게 이어가고자 하는가. 남들이 모르는
이유라도 있다는 말인가.

"알았어. 먼저 죽지 않을 테니 내 걱정 말고 형이나 어서
몸을 쾌차해."

담사연은 형의 침상을 정리해 주고 방을 나왔다.

안타까운 심정은 이제 서러움으로 변한다. 그가 진실로 바
라는 것은 형제의 정을 나누는 말이지, 그깟 죽음의 약속 따
위가 아니다. 누가 먼저 죽든 무슨 상관이 있으랴. 전날의 형

의 모습을 볼 수만 있다면 그는 기꺼이 형을 대신해 삶을 버릴 수도 있다.

*   *   *

담사연은 다음 날 정오에 풍월관에서 천이적을 만났다. 그 자리에서 그는 솔직하게 안건을 전했다.

"돈이 필요합니다. 구할 수 있겠습니까?"

"얼마나?"

"최소, 육천팔백 냥."

풍월관의 한 달 업무비가 삼천 냥이 채 안 된다. 북방의 작은 마을에서 인력 대행 업소를 운영하는 천이적에게 그런 거금이 갑자기 준비되어 있을 리가 없다.

"그렇게나 많이? 전에도 이 정도는 아니었잖아?"

"근자에 형의 병세가 심해졌습니다. 이젠 백년산삼의 백혈정기산으로는 효과가 그다지 없습니다. 아무래도 값이 육천 냥에 육박한다는 천년삼을 구해봐야 할 것 같습니다."

"천년삼이라……. 사정은 알겠지만, 너도 알다시피 쟁금법 때문에 용병의 가치가 현저히 떨어졌다. 일거리를 구해보겠지만 그런 금액은 단기간에 마련하기 힘들 거다."

천이적의 대답은 담사연이 충분히 예상했다. 다만 그럼에도 그가 기댈 곳아 풍월관밖에 없기에 천이적을 찾았다.

"꼭 필요하다면, 이참에 중원으로 건너가 본격적으로 야행 강호에 뛰어드는 게 어때?"

"……."

"중원의 무림 단체에선 일만 냥도 우습게 볼 재력가들이 많아. 네 실력이면 그 정도는 충분히 계약할 수 있다고 본 다."

천이적의 제안에 담사연은 선뜻 답을 하지 못했다.

야행강호.

중원에서 자객 생활을 해보라는 뜻이다.

이전에도 그런 건의를 받았고 솔직히 진지하게 고민도 해 보았다. 하지만, 돈으로 거래된 살인 행위는 엄연한 죄악. 형 의 목숨을 살리고자 타인의 삶을 해칠 수 없다는 생각에 꺼려 왔다.

천이적이 담사연의 눈치를 살피며 말을 이었다.

"어렵게 생각하지 마라. 넌 신강의 전장에서 삼 년 동안 생 활했다. 이미 칼에 피를 묻히고 살았거늘 인명을 해치는 것에 무슨 꺼림을 둔단 말인가."

"용병과 자객의 일은 다릅니다. 신강에서의 칼질은 살인 행위가 아닌 인간 생존의 한 방법일 뿐이었습니다."

"하면 어떡할 거야? 이대로 두고 보며 네 형을 죽일 거야?"

형의 안위가 거론되자 담사연은 그만 말문이 막혔다. 현실을 인정해야 한다. 그런 거금을 단기간에 마련하자면 살수 행위와 관련된 일을 하지 않을 수가 없다.

담사연은 고민 끝에 에둘러 말했다.

"중원의 무림 단체에 구속되는 것은 싫습니다."

"그 말은?"

천이적이 눈을 반짝였다. 말뜻을 파악한 모양이다.

"관주님께서 직접 거래하여 저에게 연결해 주십시오. 다만 무엇보다 한 가지 조건에 합당해야 합니다."

"조건?"

"일반인의 삶을 해치는 청부는 받지 않겠습니다. 청부 대상은 기득권을 챙기고자 암투 중인 무림인이나 관부의 인사들로 국한해 주십시오."

자객의 일을 하더라도 나름의 명분을 가지고 임하겠다는 뜻인데 담사연의 이런 주장에 천이적은 그만 실소를 머금었다.

"허! 신고식도 못한 초보 자객 주제에 요구 조건이 너무 까다롭군. 그래서야 일을 제대로 청부받을 수 있겠는가."

담사연도 자신의 청부 조건이 불합리하다는 것을 모르지 않는다. 어쩌면 훗날에는 그런 청부 조건이 우스갯소리가 될 수도 있다. 하지만 어찌 됐든 이 순간만큼은 자신의 기준을 지키며 살행에 나설 생각이었다.

"아무튼, 관주님이 앞으로 저를 많이 도와주십시오. 내 관주님의 은혜는 잊지 않겠습니다."

"녀석, 우리 사이에 은혜는 무슨."

"하면 전, 그만 나가보겠습니다."

안건을 전한 담사연은 자리에서 일어났다.

집무실을 나가는 담사연의 발걸음이 오늘따라 유달리 무겁게 여겨진다.

천이적이 낮게 한숨 쉬며 담사연을 다시 불렀다.

"사연아, 네가 원한 금액을 마련할 일이 있긴 한데 한번 해볼래?"

"일?"

담사연이 반색한 얼굴로 고개를 돌렸다.

"실은 얼마 전, 중원의 무림인들로부터 강호에 이름이 알려지지 않은 자객을 하나 구해달라는 청부를 받았다."

"그래서요?"

"청부자들의 주장으로는 청성당에서 수련 중인 무인을 제거하는 일이라고 하는데, 무림인을 상대함에 전문가가 아닌 초짜 자객을 구한다는 점에서 보듯 의심스런 구석이 많아 일단 거절을 했었다."

"청성당?"

청성당은 정도구대분파 중의 한 곳인 청성파의 감숙성 도관이다. 병령사 십만대불로 유명한 적석산에 위치해 있는데 무림 활동보다는 청성파 검사들의 심신 수련동으로 활용되고 있다.

담사연은 잠깐 생각해 보고 물었다.

"청부금이 얼마인데요?"

천이적은 손가락 하나를 내밀었다.

"일만 냥."

"일만 냥?"

거금이 제시되자 담사연은 미간을 좁혔다. 반길 일만은 아니다. 거액을 투자한 만큼 작업 위험성도 그만큼 높아진다. 또한 작업 후에도 보복의 위험이 항시 따라 붙는다.

"그리고 그 작업을 꺼린 이유가 하나 더 있다."

"무엇이지요?"

"청부자들의 정체가 의심스럽다."

"어떻게?"

"자기들 말로는 하남의 흑수방 소속이라는데, 일만 냥이란 거금을 선뜻 내건 것도 그렇고, 청성파를 상대로 일을 모의하는 점도 그렇고, 내 보기에 그저 그런 일반 무림인들이 아닌 것 같다."

담사연은 말뜻을 잠깐 생각해 보고 다시 물었다.

"좀 더 자세히……. 이 건을 두고 관주님께서 따로 알아보신 사안이 있을 것 아닙니까?"

청부 작업이든 청탁 업무이든 우선적으로 청부자의 신상 파악이 우선인 업계이다. 젊은 시절 무림에서 제법 명성을 떨친 천이적이 나름의 정보망을 가지고 있지 않을 수가 없다.

"그게 말이야, 아무래도 사중천에서 직접 움직이는 일 같다."

천이적의 입에서 사중천이 거론됐다. 이젠 이 작업이 얼마나 위험한 일인지 체감된다. 사중천은 정파의 동맹단체 동심맹에 맞서 중원의 사파가 연합한 조직이다. 따라서 이 일은 중원의 정파와 사파가 암투를 다투는 일이라는 뜻. 자칫하면 무림의 분쟁에 휘말려 풍월관이 통째로 날아갈 수 있다.

"사정이 딱해 이번 건을 말해주기는 했다만, 솔직히 난 네가 이 일을 하지 않았으면 한다. 내 경험에 의하면 이런 문제 있는 일은 청부에 성공하더라도 안전을 장담하지 못한다."

담사연은 깊이 고민하다가 천이적을 쳐다보며 말했다.

"표적 처단에 관한 사안은 자객에게 전적으로 일임합니까?"

"그것도 문제다. 청부자들은 표적의 신원에 대해 철저히 숨기고 있다. 아울러 척살의 과정 전부를 자신들의 관할에 두려고 한다."

자객의 자유로운 활동이 보장되지 않은 살행. 이건 처음부터 자객의 팔다리를 구속하고 살행에 보내는 것과 같다.

"그나마 괜찮은 점은 청부 성공 유무에 상관없이 청부 대금을 자객에게 전액 지급한다는 것이다. 물론 그래서 더욱 의심스럽기도 하지만."

성공 유무에 상관없이 청부 대금을 지급한다는 말에 담사연은 관심을 보였다. 의심스런 청부가 맞지만 지금 그에게 무엇보다 급한 것은 형의 위급한 병세를 치유할 금액이었다.

담사연은 갈등 끝에 결정을 내렸다.

"좋습니다. 제가 하겠습니다. 살행에 나선 당일, 청부대금을 전액 지급한다는 조건을 걸어주십시오."

결정을 내린 담사연을 천이적이 한동안 착잡하게 쳐다보곤 말했다.

"너의 뜻인 만큼 나도 더는 반대하지 않겠다. 다만 나도 한가지 조건은 걸어야겠다."

"조건이란 게 뭐지요?"

"일이 진행 중이더라도 네 안전에 심각한 위협을 느끼게 된다면 즉시 그만둬라. 계약 파기는 신경 쓰지 마라, 그건 내가 알아서 조치하마."

그냥 해보는 말이 아니다. 천이적의 말에는 담사연을 걱정하는 진심이 들어 있다.

담사연은 미소를 엷게 비쳤다.

"후후, 염려 마십시오. 신강에서 야랑은 곧 전장의 해결사로 통했습니다. 중원 무림인들의 노리개는 되지 않을 겁니다."

천이적도 조금은 편해진 얼굴로 말했다.

"물론 네 실력이야 믿지. 그렇기 때문에 의도가 석연치 않은 이런 청부 작업도 추진하는 것이고."

청부 작업에 관한 의견 조정은 대략 끝났다. 담사연은 집무실을 나가기 전 마지막으로 물었다.

"작업 날짜는 언제지요?"

"앞으로 사흘 후."

"접선 장소는?"

"감숙 난석교 장흥객잔."

"청부자를 어떻게 알아보지요?"

천이적이 잠깐 뜸을 들이고는 답했다.

"청부 대금을 수령해야 하니 내가 그곳으로 믿을 만한 사람을 보내주지."

"알겠습니다. 하면 일이 끝난 다음에 다시 찾아뵙겠습니다."

말을 마친 담사연은 가볍게 목례를 하곤 풍월관을 빠져나왔다.

*   *   *

사흘 후.

자객으로서 담사연이 첫 살행에 나가는 날이 밝았다.

담사연은 이날, 평소보다 더 일찍 일어나 하루의 일과를 시작했다. 빗자루로 마당을 깨끗이 쓸었고 물걸레로 가옥 곳곳을 닦았다. 청소가 끝난 다음엔 덜렁거리는 사립문을 손보았고 이어서 어지럽게 자란 가옥 주변의 가시나무를 산뜻하게 가지치기했다.

일련의 작업이 끝나자 담사연은 처소로 들어가 각종의 전투 무기를 들고 나왔다. 신강의 전장에서 가지고 온 것들인데, 단검 하나와 삼 척 길이의 철검은 요대에 걸고, 나머지 무기들은 소가죽으로 만든 바랑에 담아 어깨 뒤로 둘러멨다.

출정 준비를 끝낸 담사연은 형의 처소로 향했다. 내일을 장담할 수 없는 처지이니 형에게 인사라도 하고 가야 한다는 생각이다. 그런데 형의 처소에 들어선 순간 인사를 하고 가겠다는 생각이 그만 뇌리에서 지워졌다.

침상에 바로 누워 있어야 할 형이 몹시 경직된 몸이 되어 옆으로 누워 있었다. 그리고 탁자 위에 놓여 있어야 할 붓과 종이는 방바닥에 떨어져 있었다.

무언가 잘못됐다.

그가 모르는 사이에 형이 움직였단 말인가?

형의 맥을 짚어봤다. 거의 느껴지지 않는다. 그는 형의 몸을 바로 눕히고 다리부터 시작해 형의 전신을 주물렀다. 한 식경 정도 그렇게 주무르자 형의 경직된 몸이 원래로 조금씩 돌아왔다. 안도의 숨을 내쉰 그는 이제 흐트러진 방 안을 정리했다. 방바닥에 떨어진 붓과 종이를 탁자로 다시 올리는 과정에서 글이 적힌 종이 한 장이 그의 눈길을 강하게 잡았다.

단가보갑(段家寶鉀) 금강신갑(金剛身鉀)

파쇄금갑(破碎金鉀) 녹안선관(綠眼先貫)

난해한 글이다. 해석도 어렵고 이런 글을 남긴 형의 의도도 알 길 없다. 다만 현 상황으로 미루어 한 가지 사안은 알 수 있다. 이 글을 쓰기 위해 형이 필사적으로 오른손을 움직였다는 것이다.

전신마비가 된 후, 형은 아무리 기력이 좋은 날이라고 해도 다섯 글자 이상을 적지 못했다. 한데 지금은 증세가 악화되어 사경을 헤매는 상태임에도 불구하고 그 다섯 글자의 배도 훨씬 넘는 열여섯 글자를 적어 놓았다. 그건 곧 형이 목숨을 걸고 글을 작성했다는 뜻과 같다.

무엇 때문인가.

대체 무엇을 알려주기 위해 그토록 소중히 여겼던 목숨까지 내버리려고 했단 말인가?

"또 꿈을 꾼 거야? 그런 거야? 바보 같은 짓이야. 다시는 이러지 마. 형이 이럴수록 나는 더 힘들어진다고……."

담사연은 글이 적힌 종이를 탁자에 올려놓고 뒤돌아섰다. 형의 눈길은 의식적으로 피했다. 눈을 마주하면 자객으로 나서는 각오가 약해질 것 같았다. 등이 점차 무거워진다. 등에 형의 눈길이 닿는 것만 같다. 그는 방문을 나와 천천히 쾌활림을 빠져나갔다. 쾌활림을 한참 벗어났음에도 등은 여전히 무겁게 느껴지고 있었다.

2장

의문의 청부자

　서역으로 향하는 상인들이 주로 애용하는 장흥객잔은 난주 도심의 북쪽 끝자락에 위치해 있다. 장흥객잔이 멀리 내다보이는 난석교에 담사연이 다다랐을 때였다.

　"킬킬, 사연아, 네가 꼴찌다."

　"저놈이 늦은 게 아니고 우리가 너무 일찍 온 거지."

　맹표와 맹적이 난석교 앞에서 담사연을 맞이했다. 천이적이 보낸 모양인데 두 사람의 출현은 담사연에게 반가움보다는 부담으로 더 다가왔다.

　"이러실 필요 없습니다. 두 분은 어서 돌아가십시오. 저 혼자서 처리할 일입니다."

"착각하지 마라. 우린 너 때문이 아니라 풍월관의 업무를 보고자 나왔을 뿐이다."

"그럼, 역대 최고의 거래인데 당연히 풍월관의 전설인 우리가 이번 일을 진두지휘해야지."

이미 입을 맞추어 놓았는지 맹표와 맹적은 죽이 아주 잘 맞았다. 그들의 동행을 담사연이 딱히 거부할 수 없을 정도였다.

"자, 여기서 이럴 게 아니고 일단 장흥객잔으로 가자."

맹표가 앞서 길을 열었다.

맹표를 뒤따르던 맹적이 문득 담사연의 등을 훑어봤다.

"왜 그렇게 보십니까?"

"그거, 등에 둘러멘 가죽 바랑은 뭐냐?"

"전투 상황에 대처할 무기를 좀 담아두었습니다. 대단한 것은 아닙니다."

"전투 상황? 야, 너 지금 전쟁 나가냐?"

근자에는 현장을 뛰지 않지만 맹표와 맹적 또한 북방의 용병 출신이다. 어지간한 장정 서넛은 상대할 수 있는 무술 실력도 소유하고 있다. 그런 맹적의 경험으로 미루어 실전에 나선 용병은 최대한 몸을 가볍게 해야 한다.

"용병 선배로서 말하는데, 자고로 우리 같은 이들은 말야,

항상 튈 준비를 하고 있어야 돼. 하니 되도록 거추장스러운 물건은 가지고 다니지 말도록 해."

맹적의 충고 아닌 충고에 맹표가 눈알을 부라렸다.

"이놈아, 네 분수를 알고 지껄여라. 생존 확률 삼 할이라는 신강의 전장에서도 살아 돌아온 사연이거늘, 변방의 잡놈 따위가 감히 누굴 충고해!"

"끄응."

맹표의 말이 옳다. 맹적은 반박을 못하고 그저 머리만 벅벅 긁었다.

그렇게 난석교를 거의 지나갈 때였다. 다리 끝에서 맹표의 걸음이 잠시 멈췄다. 다리 끝에 남녀노소 일가족으로 보이는 거지들이 가마니를 깔고 앉아 있었다. 아무리 먹고살기 힘든 세상이지만 일가족 거지 떼를 보는 것은 흔치 않다. 맹표는 혀를 차며 돈주머니에서 엽전 세 닢을 꺼내 거지들 앞으로 던졌다.

"옜다, 이놈들아. 사람도 없는 이런 곳에서 구걸하지 말고, 어디 가서 요기나 하거라."

맹표의 적선 행위에 이번엔 맹적이 눈알을 부라렸다.

"아주 돈이 남아도는구나! 야, 이놈아, 그럴 돈 있으면 다 해어진, 네 마누라 속곳이나 하나 사줘라."

"이 형님의 깊은 심정을 네가 알아? 이게 바로 오늘의 작업을 무사히 완수하길 바라는 액땜용 처방전인걸. 참! 너!"

맹적의 말에 맞대응하던 맹표가 문득 도끼눈을 떴다.

"내 마누라 속옷 해진 것 네놈이 어찌 알아?"

"그, 그게, 그러니까…… 몰라, 쌍!"

맹적이 답하다 말고 장흥객잔으로 냅다 달아났다.

"너 이 새끼 거기 서! 오늘 제삿날이야!"

맹표가 씩씩대며 맹적을 뒤쫓아 달려갔다.

담사연은 그런 두 사람을 보며 엷게 웃었다. 서류상으로는 맹표가 형이지만 맹적은 그것을 절대로 인정하지 않았다. 맹적의 주장에 따르면 어린 시절 눈 어두운 부모가 관리를 잘못해 형과 아우의 관계가 바뀌었다고 한다.

두 사람이 장흥객잔 안으로 들어갈 시점에서 담사연은 거지들에게 다시 시선을 돌렸다. 삼남 일녀의 거지 가족. 외견상으로는 거지가 맞지만 담사연의 눈엔 무언가 석연치 않은 게 있었다.

"그거로는 부족하겠군요. 두 냥을 더 드리지요."

담사연은 엽전 두 냥을 더 던져 주었다. 맹표가 던져 줄 때도 그랬듯 거지들은 땅에 떨어진 돈을 다급히 줍는 모습을 보이지 않았다.

거지들을 지나친 담사연은 장흥객잔으로 걸어가면서 주변을 관찰했다. 도심에서 한참 떨어진 곳이기에 일반인들의 왕

래는 없고, 상인들로 여겨지는 일단의 장사꾼들만 장흥객잔 입구에 옹기종기 모여 있었다.

그가 신강에서 삼 년 동안 생존할 수 있었던 첫째 요인은 관찰력이다. 생존을 위해서라면 아무리 사소한 점이라도 놓쳐서는 안 된다. 의심하고 또 의심해서, 의문스런 구석이 조금이라도 남아 있다면 그땐 사전에 대비를 해놓아야 한다.

상인들의 옆에 다다랐다. 걸어가면서 상인들의 신체와 옷차림을 은밀히 살펴본다. 이어서 그들의 교류 품목이 무엇인지도 확인해 본다. 품목은 도자기인데 그들의 등에는 비단 꾸러미가 묶여 있다.

"……."

상인들 중의 한 명이 담사연을 은근히 노려봤다. 담사연은 별다른 기색 변화 없이 그들을 지나쳐 장흥객잔 안으로 들어갔다.

객잔 안에서도 그의 관찰은 계속됐다.

사방 칠팔 장 정도의 실내 공간. 객잔 안에 좌석은 스무 개 남짓이며, 입구 외에 외부로 통하는 문은 주방으로 들어가는 객잔 왼쪽 끝의 쪽문 하나뿐이다.

"사연아, 이리 와서 앉아."

맹표와 맹적이 창가 좌석에 앉아 있었다. 다투는 행위를 중단한 모양인지 김이 모락모락 나는 엽차를 사이좋게 마시고 있었다.

담사연은 그들을 마주 보고 좌석에 앉았다. 앉으면서 주루 안을 다시금 살펴봤다. 주방과 인접한 좌석에 손님 넷이 앉아 술잔을 기울이고 있었다. 그리고 입구 앞좌석에 덩치가 상당한 거한이 탁자에 머리를 박은 채 졸고 있었다. 보통의 눈으로 보자면 그다지 이상할 것 없는 주루의 모습이라고 할 것이다.

"우리가 너무 일찍 도착했나 봐. 아직 청부자들이 오지 않았어. 기다리는 시간에 간단히 목이나 축이자고. 이보시오, 여기 화주 한 병하고 요깃거리를 가져다주시오."

맹표가 객주를 불렀다. 잠시 후 객주가 술상을 무성의하게 내려놓고 주방으로 돌아갔다.

술잔이 오갔다. 담사연은 술을 마시지 않았다. 엽차로 목만 축였다. 이런 그의 모습에 맹표와 맹적은 작업을 앞두고 너무 조심해서도 안 된다고 충고했다.

그들의 말은 담사연에게 조언이 되지 못했다. 그는 현재 심적으로 상당히 긴장해 있었다. 지금 그들은 객잔 안에 갇혀 있었다. 다시 말하면 객잔에 들어선 순간부터 도주로가 차단되어 있다는 것이었다.

삐걱.

객잔의 입구 문이 열렸다.

혹백의 옷을 각각 입은 일남일녀.

서른 살이 넘어 보이지 않는 젊은 남녀가 객잔 안으로 들어섰다. 혹의 남자는 탄탄한 근육질에 칠 척의 장골이었고, 백의녀는 면사를 착용했는데 타인의 시선을 고정시키는 늘씬한 몸매를 소유하고 있었다.

"아! 오셨군요. 자, 이리로 와서 앉으십시오."

맹표가 면사 여인을 보며 좌석에서 일어났다.

남녀는 맹표의 인사를 무시하고 주루를 잠시 돌아봤다. 그런 다음 객잔의 중앙 좌석에 자리를 따로 잡고는 풍월관 일행을 쳐다봤다.

여자가 말했다.

"우리가 조금 늦었나 보군요. 풍월관 용사들을 기다리게 했다면 미안해요."

말과 함께 여인이 면사를 이마 뒤로 넘겼다. 진한 눈빛. 갸름한 콧날. 육감적인 입술. 여인은 몸매만큼 미모가 뛰어났다. 객잔이 일순간에 밝아지는 것 같은 느낌이 들 정도였다.

"한데, 두 분은?"

면사 여인이 맹표와 맹적을 쳐다보며 고개를 갸웃했다. 똑같이 생긴 둘의 용모에 대화의 대상이 헷갈리는 모양이었다.

맹표가 여인에게 다가서며 말했다.

"아, 제가 풍월관의 집사 맹표입니다. 저놈은 제 동생이자 풍월관에서 집무를 맡아보고 있는 맹석입니다."

"하! 쌍둥이라고 말을 듣긴 했는데 정말로 두 분이 똑같이 생겼군요."

여인이 가지런한 치아를 드러내며 웃었다. 다가서던 맹적이 눈을 찔끔 감았다. 기방에서 남심을 흔드는 여자의 미소도 이보다 더 유혹적이지 않을 것이다.

"하면 저분은?"

여인이 이번엔 담사연에게 눈길을 돌렸다.

담사연은 여자를 잠깐 응시하곤 말없이 고개를 돌렸다. 이런 그를 대신해 맹표가 말했다.

"이번 일에 나서줄 담씨 형제입니다. 풍월관 최고의 실력자이니 청부의 성공은 믿으셔도 됩니다."

여자는 맹표의 말을 제대로 듣지 않았다. 그녀는 눈길을 피해 버린 담사연을 흥미롭게 주시하고 있었다.

"잘생긴 남자네. 이봐요. 난 소유진이라고 해요. 이름이 뭐죠?"

"담사연입니다. 청부 완수에 최선을 다하겠습니다."

담사연은 간단하게 답을 하고 다시 시선을 돌렸다. 그런 한편 여인의 계속된 진한 응시에도 불구하고 별다른 표정의 변화를 보이지 않았다.

"참, 이분은 어찌 됩니까?"

이번에 맹표가 여인의 좌석으로 다가가며 물었다. 물음의 대상은 흑의인이다.

흑의인이 짜증 어린 기색을 비쳤다.

"네 자리로 돌아가. 니들은 우리가 물어보는 사안에만 답해. 알았어?"

다짜고짜 하대다.

여자가 그런 흑의인의 말을 이었다.

"당신들은 우리가 누군지 알려고 하지 마세요. 청부 작업이 완료될 때까지 당신들은 그냥 당신들의 일만 하면 됩니다."

곱게 말했지만 일종의 경고이다.

맹표는 떨떠름한 얼굴이 되어 자신의 좌석으로 돌아갔다.

이번에 맹적이 물었다.

"하면 이번 청부에 관한 작전은 누구와 상의하는 겁니까?"

맹적의 말에 여자가 그만 실소를 머금었다.

"사람 하나 잡는 일에 무슨 작전이 필요한가요?"

여자와는 다르게 흑의인은 사뭇 험악하게 반응했다.

"경고하는데 이번 청부에 관해 너흰 아무것도 묻지 마라. 주제도 모르고 함부로 나선다면 그땐 네놈들의 혀를 자를 것이다."

이번엔 단순히 말의 위협으로만 끝나지 않았다. 맹표와 맹적이 앉아 있는 탁자를 흑의인이 노려봤는데, 무엇을 어떻게 했는지 그만 탁자 위에 있던 술잔과 술병이 모조리 박살 나버렸다.

"오라버니, 애들 가지고 장난치지 마세요. 그러다가 적석산에 가보기도 전에 도망을 갈 거예요."

애들. 장난. 도망.

듣는 이를 불편하게 하는 말을 여인은 너무도 자연스럽게 사용한다.

여자가 다시 말했다.

"아! 물론 나는 믿고 있어요. 당신들이 사명감을 가지고 이번 일에 임해주리라는 것을요."

맹표와 맹적은 깨진 술잔만 그저 만지작댔다. 오랫동안 청부업 생활을 해왔다. 완전히 잘못 걸렸다는 것을 직감적으로 느낄 수 있다.

"앞으로의 일에 대해 간단히 말해주겠어요. 작전은 내일 묘시 말에 시작될 것이고, 작전에 임하는 최종 위치는 적석산 낙성암이에요. 낙성암에 도착하면 표적에 관한 최종 사안을 자객에게 전달하겠어요."

여사가 일어나 먼사를 착용했다.

"명심해야 할 사안은 이후로 당신들은 이번 작전이 종료될 때까지 우리의 사정권 밖으로 절대 벗어나선 안 된다는 것이에요. 자, 내 말뜻을 알아들었으면 그만 적석산으로 떠날까요?"

말을 끝낸 여인은 머뭇거림 없이 객잔을 바로 빠져나갔다. 흑의인도 그런 여자를 뒤따라 객잔을 나갔다.

"휴우."

주루에 남은 맹적과 맹표는 착잡한 얼굴로 담사연을 쳐다봤다. 이젠 담사연만 위험한 것이 아니다. 두 사람 역시 졸지에 인질이 되어버렸다.

"미치겠군. 관주는 대체 무슨 생각으로 이런 놈들과 거래를 한 거야?"

"그러게 말이야. 심장 쫄려서 숨도 제대로 못 쉬겠다."

둘의 대화에 담사연이 끼어들었다.

"염려 마세요, 형님들. 설마 우릴 죽이기야 하겠습니까."

맹적과 맹표의 불안감을 달래주고자 했던 담사연의 말이지만 그들에겐 전혀 위안이 되지 못한다. 오히려 죽음이란 말을 거론했다는 차원에서 더한 겁박이 되고 있다.

"참, 관주님이 너에게 이것을 전하라고 하더라."

맹표가 문득 가슴에서 서찰을 꺼냈다.

"관주님이?"

주루에는 감시의 눈이 아직 남아 있다.

맹표에게 서찰을 건네받은 담사연은 뒤돌아서서 은밀히

펼쳐 봤다.

　그동안 조사한 바에 따르면,
　이번 일은 덫.
　자객의 희생을 요구하는 역작업일 가능성이 아주 짙다.
　너를 믿고, 너의 실력을 믿기에 일을 진행한다만,
　만약, 표적이 아래의 두 사람 중 하나라면 그 즉시 청부를 멈춰야
한다.
　척살 불가 일인 ― 청성당주 일엽.
　척살 불가 이인 ― 청성군자 단화진.

　서찰을 읽은 담사연은 그것을 잘게 찢어서 씹어 먹었다. 그
리고 객잔의 문을 열고 나가 청부자의 뒷모습을 조용히 응시
했다.

＊　　　＊　　　＊

　청부의 목적지, 적석산 낙성암으로 가까워질수록 확실히
이번 일에 문제가 있다는 것을 느낄 수 있었다. 당장 여정의
분위기만 해도 그랬다. 청부자들은 객잔에서 만난 이후 어떤
사소한 말도 풍월관 일행에게 건네지 않았다. 솔직히 청부

작업을 하러 가는 것이 아닌 도살장으로 끌려가는 심정이었다.

"차라리 도망가는 게 낫지 않을까?"

"나도 그러고 싶긴 한데 과연 그게 가능할까?"

맹표와 맹적은 결정조차 마음대로 하지 못했다. 청부자들의 살벌한 기세에 심적으로 제압된 탓이었다.

"사연이 생각은 어때? 우리가 어떻게 하면 좋을까?"

두 사람과 다르게 담사연은 평상심을 유지했다. 아니, 그는 객잔에서 청부자들과 만난 이후로 더 신중해지고 있었다.

"섣불리 도주하다가는 우리의 등에 칼이 꽂힐 것입니다."

"칼? 누구에게? 저들에게?"

"저들이 아닌, 저들과 같이 움직이는 칼잡이들에게 당할 것입니다."

"칼잡이들? 어디에?"

맹표와 맹적이 놀란 얼굴로 주변을 돌아봤다. 그러나 앞서 걸어가는 청부자들 외에 다른 무인들은 일절 보이지 않았다.

담사연은 산길의 좌우를 슬쩍 둘러보곤 말했다.

"현재 일단의 무인이 우리의 행보에 맞추어 은밀히 움직이고 있습니다. 장흥객잔에서 접했던 바로 그놈들입니다."

"장흥객잔?"

더욱 의문스럽다. 맹표와 맹적의 눈으로는 그곳에서 다른 무인들을 발견하지 못했다.

"난석교에서 보았던 거지들을 기억하십니까?"

"동전을 적선해 준 그 거지들?"

"네. 맹표 형님이 동전을 던져 주었을 때, 그자들은 바닥에 떨어진 동전에 관심을 기울이지 않았습니다. 그리고 얼굴과 손등에는 땟자국을 가득 묻혔으나 정작 손톱 속은 깨끗했습니다. 진짜 거지가 아니란 말이 되지요."

"아! 정말 그놈들이 그랬다고?"

"우린 까마득히 몰랐는데……."

맹표와 맹적이 담사연을 새삼스럽게 쳐다봤다.

"거지뿐만이 아닙니다. 객잔 앞에 모여 있던 상인들과 객잔 안에 있던 손님들도 전부 무림인입니다. 우리가 장흥객잔으로 들어간 순간부터 놈들의 집중 감시를 받았다는 뜻입니다."

도주가 어렵다는 것이 실감된다. 맹표와 맹적은 한숨을 내쉬며 담사연을 쳐다봤다. 의지가 되는 대상은 이제 담사연뿐이다.

"게다가 설령 도주에 성공한대도 그것은 옳은 대책이 되지 못합니다."

"그건 또 왜 그렇지?"

"마음대로 중단해도 되는 청부였다면 저들은 애초에 거금을 걸고 풍월관에 청부하지 않았을 겁니다. 제 생각으로 저들은 이번 청부를 완수하기 전까지 우리의 신변과 풍월관을 엮어두려 할 것입니다."

담사연의 주장이 옳다. 본래의 얼굴까지 드러낸 청부자들이다. 청부가 중단된다면 기밀 유지 차원에서도 무력적 조치를 하려고 들 것이다.

"하긴 우리가 이유 없이 도주한다면 풍월관에 큰 악영향을 끼칠 거야."

"그것도 그렇게 단순히 생각하면 안 돼. 어쩌면 작업 성공에 관계없이 풍월관이 위험에 처할지도 몰라."

두 사람의 걱정이 풍월관의 안위에까지 이르자 담사연은 고개를 저었다.

"그 점은 염려하지 않으셔도 됩니다. 관주님은 호락호락하신 분이 아닙니다. 이 정도 일은 예견하셨을 것이고 또 이미 나름의 후속 대처를 마련해 두었을 겁니다."

이런저런 대화를 하던 사이 낙성암에 도착했다. 청부자들이 행보를 멈추고 담사연 일행을 손짓했다. 일행은 걸음을 빨리해 그들의 앞으로 다가갔다.

흑의인이 말했다.

"곧 있으면 날이 저문다. 오늘은 여기서 야숙하고 내일 아침 일찍 청성당으로 내려간다."

아숙에 대비해 맹표와 맹적이 땔감을 준비했다. 담사연은 그들과 같이 움직이는 한편 청부자들 모르게 표적지를 관찰했다. 남서쪽 아래로 아홉 채의 전각이 원처럼 둘러져 있다. 청성파의 감숙 분파라는 청성당이다. 그리고 청성당 본전 뒤편의 절벽에는 천연동굴이 무수히 형성되어 있다. 청성파의 검사들이 무공을 수련하는 장소라는 청문 수련동이다.

'청성당과 청문 수련동. 표적이 있는 곳은 두 곳 중 한 곳. 청부자들은 왜 마지막 순간까지 표적의 정체를 숨기려고 하는 것일까?'

청부 작업의 의도가 의심스럽다는 것은 이미 확인된 상태다. 자객의 살수는 은밀하게 진행되는 법이다. 성공적인 실행을 원했다면 이렇게 공개적으로 청부 작전에 나설 일은 없었을 것이다.

'정말 덫이란 말인가?'

덫이라는 것을 알고 있다고 해도 문제다. 어떻게 처리하는 것이 옳은 결정인지 확신이 들지 않는다.

"어이, 거기 촌놈!"

흑의인의 음성이 담사연을 일깨웠다. 담사연은 음성 방향으로 돌아섰다. 맹적이 불을 피운 땔감 앞에 흑의인과 면사 여인이 앉아 있었다.

담사연은 흑의인의 앞으로 걸어갔다. 흑의인은 어디서 잡아왔는지 토끼 두 마리를 장작불 아래에 던졌다.

"일없이 돌아다니지 말고 앉아서 그거나 구워."

자객으로 왔건만 종처럼 부려먹고 있다. 감정이 상하는 일이지만 담사연은 내색 없이 흑의인의 요구에 응했다. 요대에서 단검을 꺼낸 다음 토끼 껍질을 벗겼다. 간단한 칼질에 토끼의 속살이 말갛게 드러났다. 속살을 드러낸 육질을 여러 가닥으로 잘라 작대기에 끼워 불 위에 올렸다. 일견해도 한두번 해본 솜씨가 아니다.

여자가 이런 과정을 주의 깊게 지켜보곤 물었다.

"칼질이 예사롭지 않은데 전직이 뭐지?"

담사연은 여자를 마주봤다. 여인은 조금 전부터 면사를 벗고 있었다. 불빛에 어린 여인의 얼굴은 마력적일 정도로 아름다웠다.

"이봐, 촌놈. 네놈 전직이 뭐냐고 아가씨께서 묻잖아?"

흑의인의 음성이 다시 들려왔다.

담사연은 불에 올린 토끼 살덩이를 반대 방향으로 돌리며 답했다.

"북방의 용병으로 이곳저곳을 돌아다녔습니다. 나 같은 변방 인생에게 토끼 하나 요리하는 것은 일도 아니지요."

용병이란 말에 흑의인이 입술을 이죽댔다.

"하기야, 오갈 곳 없는 삼류 인생이니까 이런 일을 맡았

셌지."

혹의인의 놀림과 다르게 여자는 조금 더 담사연에게 관심을 기울였다.

"아무리 삼류 용병 출신이라도 칼질을 한다면 사문 같은 것이 있을 게 아냐. 네 사문은 어디지?"

여자는 이제 그에게 하대를 했다. 하대의 순간이 언제였는지 모를 정도로 자연스럽게 느껴지는 말투 변화이다.

"소저께선 우리 같은 사람과 일을 해본 경험이 없는 모양이군요. 먹고살기 위해서 칼을 잡은 사람들입니다. 번듯한 사문이 있었다면 이렇게 변방의 야인으로 살아가지 않았을 것입니다."

"사문이 없다? 내가 과민한 건가. 하긴……."

담사연의 말에 여인은 콧날을 살짝 찡그리곤 불길에서 서너 걸음 물러났다. 뒤로 물러난 후에도 무엇 때문인지 그녀는 담사연을 힐끗힐끗 응시했다.

어느덧 고기가 다 익었다.

담사연은 작대기에 꽂힌 살점 한 덩이를 혹의인에게 건네주고, 이어서 작대기에서 살점을 분리해 칼로 잘게 썰어 그녀에게 건넸다.

"너희나 먹어, 난 이런 거 먹지 않아."

고기 먹기를 거부한 그녀는 곧바로 가부좌를 틀고 명상에 들어갔다. 흑의인도 토끼 고기를 구우라는 말과 다르게 한입만 베어 먹고 다시 불 위에 살덩이를 던졌다. 남은 토끼 고기 전부는 자연적 맹표와 맹적의 차지가 되었다.

시간이 흘러 밤이 점점 깊어간다.

일류는 명상의 시간으로 아침이 오기를 기다리고, 삼류는 남은 고기를 줄기차게 씹는 시간을 보내며 아침이 오지 않기를 바란다.

어느덧 날이 밝았다.

담사연은 남들보다 일찍 일어나 일출에 물들어가는 동쪽 산기슭을 바라봤다. 일출 감상 도중에 등 뒤에서 인기척이 감지된다. 누구인지는 돌아보지 않아도 알 수 있다. 발걸음이 아주 가벼운 여인, 소유진이라는 여인이다.

그는 돌아보지 않고 말했다.

"묘시 말이 되기에는 아직 이른데, 일찍 활동을 하시는군요."

면사 여인, 소유진이 다가서다 말고 멈칫했다.

"등에도 눈이 달린 건가? 재주가 좋군."

"소저의 가벼운 발걸음 소리가 귀에 익었을 뿐입니다. 소저께선 여기 있는 사람들 중에서 체중이 가장 가벼우며 또한 보폭이 가장 좁습니다."

소유진이 담사연의 옆에 시시 일출에 물든 신야를 같이 바라봤다.

"하룻밤 사이에 내 걸음의 특성을 파악한 건가? 이봐, 그런 게 바로 재주야."

"그렇게도 설명될 수 있겠군요. 소저를 몰래 관찰했다고 해서 기분이 상했다면 용서하십시오. 용병 생활을 오래하다 보니 자연적으로 터득하게 된 습성입니다."

소유진이 고개를 슬쩍 돌려 담사연을 쳐다봤다. 일출에 물든 담사연의 옆모습. 남성미를 물씬 풍기는 각진 턱이 그녀의 눈길을 붙잡는다.

담사연도 고개를 돌려 소유진을 마주봤다. 일출 때문인지 그의 안색이 상당히 밝았다. 소유진이 문득 눈매를 찡그렸다. 담사연의 얼굴에서 미소를 본 것이다.

"웃어? 이봐, 넌 지금 네가 얼마나 위험한 상태인 줄 몰라? 여유 따위를 부릴 처지가 전혀 아니라고."

"그래서요. 하면 살행을 앞둔 자객의 모습으로 초조하게 시간을 보내야 하나요. 당신도 제가 그러한 모습이길 원하나요?"

담사연의 말은 상당히 도전적이다. 소유진은 반박을 하기에 앞서 이런 담사연을 이해가 잘 안 된다는 표정으로 응시했다.

"주제넘었다면 용서하십시오. 자객의 일이 처음인 탓에 뭐가 뭔지 잘 몰라서 그럽니다. 앞으로 많은 가르침을 부탁드립니다."

이어진 담사연의 말도 그녀에게 혼란을 주긴 마찬가지다. 청부를 앞둔 살수로서 긴장의 기색이 일절 보이지 않는 언변이다. 청부자들이 애초에 원했던 삶에 찌든 살수의 모습과는 한참 거리가 멀다.

"아쉽군. 하필 이런 일로 너를 만나게 되다니."

그녀가 모호한 말을 중얼댔다.

담사연은 못 들은 척, 그녀에게 눈인사를 전하고는 뒤돌아 걸어갔다. 걸어가던 중에 그는 우측 숲을 힐끗 쳐다보며 물었다.

"작전엔 저들도 같이 동참하는 것입니까?"

우측 숲에는 일단의 복면인이 잠복해 있었다. 고개를 끄덕이던 소유진은 문득 실소를 흘려냈다. 은신이 들켰다면 그건 잠복이 아니다. 담사연의 관찰력이 대단하거나 수하들의 은신술이 허술하거나 둘 중 하나일 것이다.

묘시 말이 되자 복면인들이 숲에서 나와 흑의인 앞에 집결했다.

전부 아홉 명.

사전에 명령을 받은 상태인 듯 그들은 병기를 뽑아 들고 돌격 자세를 잡았다. 흑의인이 손을 들어 청성당을 가리켰다. 그러자 복면인들이 일제히 함성을 지르며 청성당으로 달려갔다.

풍월관 일행도 이런 과정을 지켜보았다. 맹적과 맹표가 담사연을 돌아보며 어깨를 으쓱했다. 삼류의 눈에도 어설픈 짓거리다. 기습 공격을 한다는 것은 문제 삼을 게 없지만, 그렇다고 이른 아침에 소리를 지르며 돌격한다? 이건 공격을 알리는 어리석은 짓거리일 뿐이다.

흑의인이 담사연을 돌아보며 말했다.

"준비해, 네 차례야."

담사연은 흑의인을 가만히 응시했다. 아직 표적이 누구인지 모른다. 무엇을 준비하란 말인가.

"잠시 후 우리 애들이 청성당을 공격할 것이다. 너는 그때 청성당 본전 뒤편으로 잠입해 청문 수련동으로 들어간다. 그곳에 도착하면 이것을 펼쳐 보고 지시대로 임무를 수행해."

흑의인이 밀지 한 장을 담사연에게 건넸다.

밀지를 받은 담사연은 맹표와 맹적에게 잠시 눈인사를 전했다. 어쩌면 마지막 인사가 될지도 모른다는 생각에 맹적과 맹표는 불안스런 눈길을 보내왔다.

"어딜 쳐다보고 있어! 한눈팔지 말고 상황에 집중해!"

흑의인의 음성이 다시 들려왔다.

담사연은 청성당으로 눈길을 돌렸다. 복면인들과 청성당 무인들의 집단 싸움이 막 벌어지려 하고 있었다.

"자, 달려! 지금!"

흑의인의 명령이 떨어졌지만 담사연은 아직 움직이지 않았다. 그는 청문 수련동으로 달리기에 앞서 흑의인과 소유진을 돌아보며 물었다.

"내가 살수에 성공했다는 것을 어떻게 증명하지요?"

"증명이라니, 무슨 개소리야?"

"표적을 죽였다는 것을 증명해야 하지 않겠습니까?"

"죽여? 미친 새끼! 네깟 놈이 감히 누굴 죽여!"

흑의인이 인상을 와락 구겼다. 금방이라도 주먹을 휘두를 기세다. 소유진이 그런 흑의인의 앞을 급히 막아섰다. 그녀는 담사연을 잠시 곤혹하게 쳐다보고는 말했다.

"청부에 성공한다면 표적의 목을 잘라 내일 아침까지 장흥객잔으로 오세요. 앞으로 열두 시진 동안 우리는 장흥객잔에서 대기할 거예요."

소유진이 말을 마치자 담사연은 주저 없이 청성당을 향해 뛰어갔다. 숲 때문인지 담사연의 모습은 이내 시야에서 사라졌다.

담사연의 모습이 시야에서 사라지고 난 후, 흑의인이 말했다.

"하여간 삼류들과는 일을 하지 말아야 돼. 도무지 주제를 몰라."

담사연의 모습을 뒤쫓던 소유진도 흑의인의 그 말을 들었다. 말의 뜻도 알고, 공감을 하는 측면도 있다. 다만, 그녀는 자객이 '삼류'라는 그 말에서만큼은 흑의인과 생각이 달랐다.

"삼류가 아냐. 삼류는 절대 저런 모습일 수가 없어. 어쩌면……."

3장

불가능한 정부

이른 아침, 천이적은 난주 저자의 중양객잔 삼 층 특실로 들어섰다. 약속이 되지 않은 전격적인 방문인데 그곳에는 그가 그동안 은밀히 찾고 있었던 인물이 숨어 있었다.

"섭 형, 오랜만이외다. 그간 별래 무양하셨소이까?"

특실로 들어간 천이적은 문안 인사 같은 말을 전하며 입구 문을 막아섰다.

특실의 침상 앞에는 오십 대 중년 남성이 엉거주춤한 자세로 서 있었다. 흐트러진 옷차림에 당황한 기색이 역력하다. 천이적의 방문을 조금 전에 알고 어디론가 급히 달아나려고 했던 모양이다.

중년 남자가 천이적의 눈치를 살피며 말했다.

"이게 누구신가? 중정마협 천이적 형제 아니신가? 만나서 반갑긴 한데 천 형께서 대체 이 시간엔 무슨 일로?"

"은인을 찾아뵙고 고마움의 인사를 전하겠다는데 시간이 무슨 문제가 되겠소이까."

중년 남자가 움찔했다.

"은, 은인이라니요?"

천이적은 피식 웃으며 중년 남자에게 다가섰다.

"일만 냥이란 거금이 걸린 작업을 섭 형께서 내게 연결해 주지 않았소. 안 그래도 근자에 풍월관 관리가 버거웠는데, 덕분에 한동안 편히 먹고 놀 수 있겠소이다."

이미 다 알고 왔다. 중년인은 계면쩍은 미소를 비치며 침상에 다시 앉았다.

중년인의 이름은 섭소덕.

정사지간의 인물로 귀문상관이라 불리는 무림청부 중계업자이다.

"같은 밥을 먹고사는 처지이거늘 은인이라는 말은 당치 않소. 천 형 덕분에 나도 이번에 짭짤하게 전을 챙겼으니 이거야말로 누이 좋고 매부 좋은 일이 아니겠소. 자, 여기서 이렇게 아니고 우리 객잔에 내려가서 회포나 풉시다. 내 오늘은 천 형을 끝까지 모시겠소.”

섭소덕의 실토에 천이적은 잠깐 침묵하곤 매섭게 눈을 떴다. 단순한 인사로 섭소덕을 찾아온 것이 아님을 알 수 있다.

“회포를 풀기에는 아직 이르지요. 회포는 우리 애들이 돌아온 다음에 합시다. 그땐 내가 섭 형을 난주 최고의 기방으로 데리고 가서 정승처럼 모셔 드리지요.”

청부 업계에서 닳고 닳은 인생이다. 천이적의 말에서 섭소덕은 문제가 무엇인지 알아냈다.

“천 형, 선수끼리 왜 이러시오. 이런 일을 한두 번 겪는 것이 아니지 않소. 자, 지나간 애들은 잊고 우리의 밝은 미래에 대해 논의토록 합시다. 이번 일만 잘 처리되면 큰 건수가 앞으로 많이 들어올 거요.”

“이런 일? 흥! 그러니까 너흰 처음부터 자객이 아니라 떡밥이 필요했다는 거지?”

천이적의 눈에 날이 바짝 섰다. 후덕했던 모습은 사라진다. 경어도 사용하지 않는다.

“으음.”

섭소덕이 곤혹한 얼굴로 천이적을 쳐다봤다. 자객을 청부의 희생양으로 삼는 역작업은 업계에서 비일비재하다. 천이적 정도의 위인이라면 초보 자객에게 거액의 청부 대금이 제시되었을 때 이미 결과를 예상했을 터다.

"표적이 누구야? 대체 어떤 놈이기에 나를 이리 엿 먹이고, 우리 애들을 떡밥으로 사용하려고 했어?"

"……"

"어서 답해. 청부자들은 누구이고, 표적은 또 누구인지."

"……"

"호오, 답을 못 하겠다? 그만큼 위험한 놈이란 말이지?"

천이적이 섭소덕에게 바짝 다가섰다. 그리고 자신의 왼쪽 손가락에 손톱 모양의 은색 칼날을 하나씩 장착하기 시작했다. 천이적이 중정마협으로 불리던 시절 사용했던 독문병기 혁피조(革皮爪)이다.

"지금부터 내 말 분명히 들어. 역작업 충분히 할 수 있어. 돈만 된다면 떡밥이 될 초보 자객 정도는 열 명도 더 구해줄 수 있어. 하지만 말이야, 아무리 속고 속이는 개떡 같은 업계라도 동료의 진심을 속여먹는 더러운 짓거리는 하지 말아야 돼. 난 이번 일에 진심을 다했어. 그래서 내가 가장 아끼는 사람을 자객으로 보냈어. 그건 돈으로 해결될 일이 아냐. 돈이 목적이 된 삶을 살았다면 이렇게 촌구석에서 남의 뒤치다꺼리나 하며 살진 않았어. 내 말 무슨 뜻인지 알아?"

"……"

"이건 혁피조라 불리는 무기야. 사람의 가죽을 예술적으로 벗긴다고 해서 지어진 명칭이지. 아, 물론 중원을 떠난 이후

난 십 년도 넘게 그런 행위를 해본 적이 없어. 한데, 오늘은 간만에 살을 벗기고 피 냄새를 맡고 싶어. 내가 그렇게 해도 되겠어?"

섭소덕의 안색이 하얗게 변했다. 천이적의 무력 사용을 막아낼 능력이 섭소덕에게는 없다.

섭소덕은 결국 체념의 표정을 보이며 입을 열었다.

"단화진. 표적은 청성군자 단화진이요."

"......"

혁피조를 움직이던 천이적이 손동작을 중단했다.

밝혀진 표적.

예상했던 인물 중에 하나이지만 막상 현실로 드러나자 암담함의 감정보다 분노의 심정이 먼저 뇌리를 스친다.

천이적이 말했다.

"더러운 새끼들! 우리 애를 완전히 지옥의 아가리로 처넣었구나!"

*   *   *

낙성암에서 청성당까지는 대략 이십 장의 거리다. 숲이 우거진 내리막길이라 빠른 움직임이 쉽지 않건만 담사연은 스물을 헤아리기 전에 청성당에 다다랐다. 단순히 속도만 빠른 움직임이 아니었다. 청성당에서 격돌 중인 무인 이느 누구도 존재를 파악하지 못했을 정도로 그는 은밀하게 움직였다.

담사연은 격돌 중인 무인들의 시선을 피해 청성당 본전 뒤로 향했다. 청문수련동은 본전 뒤편의 절벽 단면에 형성된 천연 동굴을 가리킨다. 동굴의 숫자는 전부 마흔아홉. 동굴의 상단부에는 일련번호가 새겨져 있다.

청문 수련동에 다다른 그는 밀지를 꺼내 봤다.

밀지에는 간단한 숫자와 짧은 글만 적혀 있었다.

이십사동(二十四洞) 무인 척살.

이름 같은 것은 적혀 있지 않았다. 청부 작전이 실행된 이 순간까지도 표적의 정체를 알려주지 않는 것에 대해 의문이 생기지만 담사연은 모든 것을 떠나 척살 작업에만 집중했다. 돌아가는 상황을 볼 때 이젠 살수로 나선 자신만 문제되지 않았다. 인질이 된 낙성암의 맹적 형제와 더불어 풍월관의 안위도 이번 일의 결과와 깊게 연관되어 있었다.

'표적만 처리하면 돼. 그러면 나머지 문제점도 자연적 해결이 돼.'

그는 각오를 다지며 표적지를 찾아갔다.

이십사동은 절벽의 중앙 지점에 있었다.

동굴의 폭은 삼 장. 높이는 일 장 정도. 동굴의 외형적 규모는 주변의 다른 수련동보다 월등히 컸다.

'이곳이 상대적으로 크다는 것은 곧 표적의 신분이 보통이 아니라는 뜻.'

그는 동굴 입구에 서서 청부를 다시금 차분히 되짚어봤다.

의문의 표적.

지금 표적은 아침 기상 이후로 운기조식을 겸한 연공 중일 것이다.

연공 중에는 거의 무방비가 된다.

그런 상황에선 일급 무인이라고 한들 자객의 칼을 피할 수 없다.

하지만, 수련동의 규모에서 보듯 만약 표적이 일급 수준을 넘어선 무공 경지의 소유자라면 그땐 이야기가 달라진다.

'최악의 상황까지 감안해야 돼. 그게 생존의 법칙이야.'

신강에서 보낸 기억을 잠시 떠올린다. 그곳에선 한 번의 방심이 곧 죽음으로 이어진다. 생존을 위해서라면 변수 상황을 항상 염두에 두어야 한다.

담사연은 어깨에 두른 바랑을 풀었다. 바랑 안의 무기들은 신강의 전장에서 그가 적들에게 습득한 것이 대부분이다.

신마교는 암기와 암기술의 수준이 중원 무림보다 훨씬 높았다. 신강대전 초기에 중원의 무림인들이 신마교의 무리에게 제대로 대응을 못하고 희생된 것도 알고 보면 그런 암기술에 기인되어 있다.

그는 바랑 안에서 다섯 가지 무기를 꺼냈다. 살수가 목적인 만큼 빠른 활동을 위해서 최소한의 병기만 휴대할 생각이었다.

다섯 가지 무기 중에서 그는 첫 번째로 초리환을 팔목에 장착했다. 팔꿈치를 돌려 치면 초리환에 장착된 칼날도 동시에 펼쳐져서 대적 상대의 신체를 가른다. 대적 상대가 미처 방어를 하기 전에 일격을 날리는 무기다.

두 번째로 그는 단소 모양에 손잡이가 달린 묵색 암기 장치를 오른쪽 허리의 요대 아래에 장착했다. 일탄 격발을 날리는 자모총통이다. 그가 가진 암기 중에서 단연 최고의 위력을 자랑하는데 신강의 전장에서도 사신의 무기라고 명성이 자자했다.

자모총통은 원래 신마교의 서열 삼 위인 호교법왕 측건평의 애병이다. 담사연은 신강의 전장에서 그 측건평을 저격 척살하고 자모총통을 습득했다. 아쉬운 점이라면, 자모총통을 그가 직접 제작하지 않았기에 철탄을 더 이상 만들 수가 없다는 것이다. 현재 그가 소유한 탄은 일곱 발. 이것을 전부 소진하면 자모총통은 껍데기만 남는 무기가 된다고 할 수 있다.

세 번째로 그는 만(卍) 자 모양의 가죽 암기, 격살포(擊殺包)

를 등에 걸어 묶었다. 격살포는 등 뒤에서 공격하는 적에게 반격하는 병기이다. 가슴의 매듭을 잡아당기면 격살포에 장착된 철침이 무더기로 발사된다. 그는 이것으로 후방의 적을 처단했던 적이 한두 번이 아니다.

남은 것은 이제 두 가지다.

지주망기와 칠채궁.

지주망기는 적을 포획할 때 주로 사용되는 병기이다. 발사되면 눈으로 확인이 잘 안 되는 은색의 실, 천잠사가 거미줄처럼 펼쳐진다.

그리고 칠채궁은 일곱 발 동시 격발이 가능한 중형 석궁이다. 칠채궁의 하단을 분리할 경우 단발 사격에 적합한 휴대용 석궁, 일채궁으로 바뀐다.

지주망기와 칠채궁은 그가 저격에 실패했을 상황을 대비한 이차적 공격 무기이다. 그는 지주망기와 칠채궁을 들고 이십사동 안으로 들어갔다. 입구에서 칠 보 정도 안으로 걸어간 다음 지주망기를 동굴 천장에 장착했고, 이어서 발사 장치에 연결된 천잠사를 무릎 높이로 동굴 좌우측에 이어놓았다. 칠채궁 또한 격발 장치와 천잠사를 연결해 동굴 안쪽 바닥에 매설해 두었다.

암기 장착 작업은 빠르게 끝났다. 아무나 이렇게 할 수는 없다. 전투 병기 활용에 고도로 숙련된 전문가만이 빠른 설치가 가능하냐.

이제 남은 것은 표적을 향한 직접적인 저격. 그는 발걸음 소리를 최대한 죽여서 동굴 안으로 들어갔다. 동굴은 생각보다 깊었다. 오십 보를 넘게 걸어도 막다른 곳이 보이지 않았다. 팔십 보 지점에서 동굴은 우측으로 꺾어졌다. 그는 꺾어진 동굴 모서리에서 고개를 살짝 내밀어 안을 살폈다. 동굴의 끝은 활동 공간이 제법 넓다. 중앙 벽면 상단에 보이는 등잔불, 누군가가 그곳 아래에서 가부좌를 틀고 면벽수련을 하고 있다.

그는 현 위치에서 그곳까지의 거리를 따져 봤다.

대략 이십 보의 거리.

한 호흡에 충분히 다다를 수 있는 거리다.

'이 상태라면 상대가 누구라도 살수를 피할 수 없어.'

표적은 연공에 심취해 있다. 그가 척살에 확신을 가져도 무리는 아니다. 그는 고개를 원래로 돌려 깊게 숨을 들이켰다. 복부에 숨이 가득 차자 동굴 모서리에서 돌아 나와 표적을 향해 일직선으로 뛰어갔다.

숫자 하나를 헤아리기 전에 그는 표적의 등에 다다랐다. 표적의 등이 순간적으로 꿈틀한다. 하지만 표적이 무언가를 감지하든 말든 이미 늦었다. 그는 달려가던 속도 그대로 표적의 등에 정확히 철검을 찔러 넣었다.

카캉!

변수가 발생했다.

철검으로 육질을 찔렀건만 왜 강철에 부딪힌 것 같은 소리가 들려오는가?

게다가 타격음만 이상한 것이 아니다.

"어?"

철검으로 표적의 등을 찌르던 순간 그는 놀란 숨결을 토해냈다.

철검이 팅겨 나온다. 철검을 잡은 오른손에 쥐가 날 정도로 엄청난 반발력이다. 그리고 팅겨 나온 철검은 곧 절반만 남은 모습으로 뎅강 부러진다.

촌각의 순간, 그의 뇌리를 아연하게 만드는 무공의 경지가 있었다.

'금, 금강불괴?'

*　　　*　　　*

청성군자 단화진은 정파무림에서 미래의 희망이라고 불린다. 나이는 올해 스물아홉. 출신은 하북 단가장원. 사문은 청성파. 도명은 남선. 현재 신분은 동심맹 서열 구 위 강북연맹 삼호법이다.

단화진은 태생부디 남과 다르게 비범하다. 아비는 무림에서 철단금의 외공으로 명성 드높은 하북의 명문세가 단가장원의 가주인 단무작이고, 어미는 당대 무림에서 여중 십걸에 당당히 이름을 올리는 선화신검 매연교이다. 매연교의 아비이자 단화진의 외조부는 현재 동심맹의 맹주인 검천상인 매불립이다.

친가와 외가의 축복 속에 태어난 그는 일찍부터 정파의 희망이 될 소질을 보였다. 열 살 이전에는 외가에서 상승 무공의 초석을 다졌고 열 살 이후로는 아비의 엄격한 가르침 속에서 철단금으로 육신을 금강처럼 단련했다. 그리고 열다섯 살 이후로는 더 넓은 강호를 경험하고자 스스로 구파 명문 청성파에 입문하여 검공 수련에 매진했다.

청성파 입문 칠 년 후에 그는 정파무림에서 자타가 공인하는 후기지수 일인자가 되었다. 단순히 무공만 강한 후기지수가 아니라 군자라는 별호에서 보듯 남녀노소, 아군, 적군을 불문하고 존댓말을 사용할 정도로 예의까지 갖춘 일인자이다.

무림맹이란 초거대집단의 탄생을 앞둔 오늘날, 정파의 미래 인물로서 단화진의 비중은 더욱 높아만 갔다. 어떤 이는 그의 미래에 대해 이렇게도 주장한다. 먼 훗날, 삼대검파로 정파의 검가가 재편되는 그날, 단화진이 일대 무림맹주에 이어 이대맹주로서 무림의 절대 권력을 잡을지 모른다고.

"누구야? 대체 어떤 놈들이 이런 엉터리 청부를 계획했어?"

표적의 실체를 알게 된 천이적은 이제 이 일을 꾸민 배후에 대해 물었다. 초보 자객으로 단화진을 잡겠다는 것은 눈 감고 돌을 던져 날아가는 새를 잡겠다는 말이나 진배없다. 성공과 실패를 떠나서 단화진 같은 초일류 고수는 무림을 통틀어 열 손가락 안에 들어가는 초특급 자객에게만 청부가 가능하다.

"어서 답해! 어떤 놈들이야?"

"미안하오. 그건 말할 수 없소."

섭소덕이 답변을 완강히 거부했다. 청부자들의 정체에 대해 함구한다는 계약이 있었을 것이다.

"하! 그놈들은 무섭고, 나는 안 무섭다 이거지? 좋아, 지옥에 가서 염라대왕에게 보고하도록 해주지."

천이적은 섭소덕의 목을 혁피조로 움켜잡고 침상에 내리찍었다. 섭소덕의 얼굴이 금방 붉게 물들었다. 이대로 두면 목이 다섯 조각으로 찢겨 나간다. 섭소덕이 버티다 못해 손을 허공으로 휘저었다. 그러자 천이적이 혁피조를 풀어주었다. 섭소덕은 목을 켁켁거리며 그대로 침상에 나자빠졌다.

천이적이 말했다.

"섭 형의 입장을 내 모르는 것이 아냐. 문제가 발생해도 정보 유출자가 섭 형이란 것을 내 절대 발설하지 않겠어."

천이적의 어조가 다소 순화됐다. 타인을 상대함에 풀어주고 조이고를 노련하게 한다고 할 수 있다.

이윽고 섭소덕이 다시 침상에 걸터앉았다. 섭소덕은 그 자세에서 한참을 고민하다가 입을 열었다.

"동업자에게 역작업을 당한 천 형의 기분을 모르지 않소. 개인적으로 무척 미안스럽게 생각하오. 하나, 아까도 말했듯 난 천 형이라면 이번 청부의 의도를 충분히 사전에 파악하고 자객을 보냈으리라 여겼소."

천이적도 이번 청부가 역작업이라는 건 예상을 했다. 표적의 정체가 단화진이란 것을 몰랐을 뿐이다.

"내 심정을 솔직히 말하자면, 난 천 형이 이 청부에 대해 더는 접근하지 않았으면 좋겠소. 자칫하면 천 형도 이 청부의 덫에 걸려 버릴 수가 있소."

덫이란 말은, 곧, 신변에 위험이 닥친다는 뜻이다.

천이적은 그 말에 청부자들의 실체가 더욱 궁금해졌다.

"내 걱정은 하지 마시오. 살 만큼 산 인생인데 이제 와서 뭐가 두렵겠소. 그래, 청부자들이 누구요."

"그들은… 그들은……."

어렵게 입을 열던 섭소덕이 문득 눈빛을 세차게 떨었다. 그리곤 입을 열던 모습 그대로 얼굴이 딱딱하게 굳어버렸다.

"응?"

섭소덕의 안색 변화와 동시에 천이적도 눈빛을 번뜩였다. 등 뒤에서 인기척이 감지된다. 누군가 지금 특실로 들어섰다.

"청부에 관한 것은 내가 직접 설명해 주겠소이다."

등 뒤에서 들려온 중년 남성의 음성. 천이적은 빠르게 뒤돌아섰다. 내공까지 일으켜 일전에 대비했다. 그러나 뒤돌아 선 천이적은 눈앞의 중년인을 쳐다보자마자 그만 전의를 상실해 버렸다. 전의뿐만이 아니다. 머릿속이 온통 하얗게 변해 버렸다.

"당, 당신은?"

중년 남자가 천이적에게 포권을 해보였다.

"인사가 늦었습니다, 천 형. 나는 동심맹 천기당주 조순이라고 합니다."

이름을 밝히지 않아도 된다. 천이적은 중년인의 정체를 너무나 잘 알고 있다. 중년인이 정파무림에서 얼마나 높은 위치에 있는 인물인지도 결코 모르지 않는다.

조순이 말했다.

"그래, 천 형께서 우리에게 묻고자 하는 바가 무엇입니까?"

천이적은 바로 묻지 못했다. 청부자들의 정체는 이제 문제가 아니다. 지금 그를 두려울 정도로 혼란스럽게 하는 점은 이곳에 왜 저 사람이 출현했느냐는 것이다.

천이적은 이번 청부에 응하며 하나의 사안만큼은 확신하고 있었다. 이번 일을 모의한 자들이 사중천 소속이라는 것이다. 그래서 혹여 문제될지 모를 청부의 마무리를 위해 난주의 동심맹 인사들과 비밀리에 접촉해 여러 대책을 강구해 놓았다. 한데 지금 조순의 등장으로 말미암아 그 대책이 전부 무의미한 것이 되고 있었다.

천이적은 확인 차원에서 물었다.

"사중천이 아니고, 동심맹의 일이란 말이요?"

*　　　*　　　*

칼보다 강한 신체, 금강불괴.

그야말로 무림의 신화 속에서나 나올 법한 무공의 경지다. 단화진의 이런 무력 발휘에 담사연은 그만 평정심을 잃었다. 저격이 실패로 돌아간 후에 무엇을 어떻게 대처해야 할지도 잘 몰랐다. 표적이 등을 돌려 자신을 빤히 바라보는 지금 이 순간에도 그 심정은 마찬가지였다.

"누구지요, 당신은?"

단화진이 낮은 음성으로 물었다. 압도적인 무력 발휘와는 다르게 단화진은 이십 대 후반의 준수한 용모를 소유하고 있었다.

"자객입니까?"

"……."

"사중천에서 보냈습니까?"

"……."

"답을 하지 않는다고 해서 나를 속일 수는 없습니다."

단화진이 가부좌를 풀고 일어섰다. 앉아 있을 때는 잘 몰랐는데 막상 일어서고 보니 신체가 장골이었다. 담사연보다 키가 훨씬 더 컸다.

일어선 단화진이 아래를 슬쩍 돌아보곤 땅에 떨어진 철검 조각을 향해 손을 뻗었다.

순간 담사연은 어깨를 움찔했다. 살수를 눈앞에 두고 시선을 돌렸다. 그것도 허리를 숙인 무방비 자세다. 하지만 그것뿐, 이어진 단화진의 음성에 그는 공격도, 도주도 아무것도 하지 못했다.

"모험은 한 번으로 족합니다. 두 번째는 살아도 산 것이 아닌 신세가 될 겁니다."

단화진이 부러진 철검 조각을 손에 들고 허리를 폈다. 날선 침묵이 잠시 흘렀다. 담사연은 침묵 중에 단화진의 손에 들린 철검 조각을 가만히 내려다보았다.

"왜? 당신의 칼이 내 신체에 박히지 않은 이유가 궁금합니까?"

단화진의 얼굴에 희미한 미소가 걸렸다. 조소라고 해야 하리라.

"난 청성파 검사이기 이전에 단가장원의 후예입니다. 단가의 핏줄들은 늙어 죽을 때까지 철단금을 수련해야 하는 운명을 타고나지요. 수련에 중단은 없습니다. 수련을 중단하면 철단금의 내기로 인해 내장이 굳고 피가 말라 죽음에 처하게 되지요. 그러니까, 칼이 부러진 이유는 당신이 암습하던 그때 하필이면 내가 철단금을 연공하고 있었다는 거지요. 물론 당신 입장에선 지독히 재수가 없었다고 해야 되겠지만."

설명 도중에 담사연이 눈을 반짝거렸다. 금강불괴가 아니고 철단금이란 외공의 발휘다. 그건 곧 그에게 전의를 일으키는 말이 된다.

"자, 다시 묻습니다. 누가 보냈습니까?"

담사연은 여전히 대답하지도 움직이지도 않았다.

"마지막 경고입니다. 누가 보냈지요? 답하지 않는다면 당신을 중정당으로 보내 골육이 갈리는 형벌을 맛보게 하겠습니다."

말과 함께 단화진이 일 보 앞으로 성큼 다가와 담사연의 목을 움켜잡았다. 단화진으로서는 자신감에 넘친 한 수이겠지만, 담사연의 입장에서는 대적 상대를 얕본 적의 무모한 행위이다.

"흥!"

담사연이 오른팔을 접어 무섭게 돌려 쳤다. 서로의 몸이 붙은 근접 상태다. 주먹이 아닌, 담사연의 팔꿈치가 단화진의 얼굴을 그대로 강타했다.

빡!

팔꿈치 타격에 단화진의 고개가 획 돌아갔다. 타격은 성공했지만 효력은 극히 짧았다. 단화진이 담사연의 팔목을 왼손으로 붙잡아 바로 반격에 나섰다. 한데 그 순간 의외의 공격이 담사연의 팔목에서 터져 나왔다.

차라라라락!

담사연의 팔목에 장착되어 있던 초리환이 회전날을 활짝폈다. 그리곤 단화진이 미처 방어를 하기 전에 목을 사납게갈라 쳤다.

"흐읍."

단화진이 탁한 음성을 토하며 물러섰다.

담사연은 그런 단화진을 뒤따라 붙어 이차 공격을 잇지 못했다. 오히려 그 역시도 두어 걸음 뒤로 물러났다. 적의 무력을 다시금 확인했을 뿐이다. 적은 초리환에 스친 목의 혈흔만보일 뿐 별다른 외상을 입지 않았다. 보통의 상대였다면 목이 잘렸을 것이다.

"오호라, 이제 보니 재밌는 분이시네?"

뒤로 물러선 단화진이 자세를 바로 잡고 담사연을 쳐다봤다.

상대 거리는 대략 십 보.

오른손에 들린 철검 조각을 날리려고 하는 것 같다.

담사연은 이때 곤혹한 심정이었다. 외공을 연성 중인 과정에 있지, 금강불괴를 이룬 것이 아니다. 그 말에 전투 의욕이 다시 생겼지만 그렇다고 현 상황을 반전시킬 뾰족한 수단이 생긴 것은 아니었다. 표적은 금강불괴가 아니더라도 충분히 강했다. 그가 신강에서 부딪쳐 본 어떤 적들보다 강했다.

'도리가 없어. 살고자 한다면 먼저 적을 죽여야 돼.'

의지만으로 현 상황을 돌파할 순 없다. 표적을 처단할 비장의 한 수가 있어야 한다.

'비장의 한 수는 적의 방심에서 시작되지.'

표적의 무력을 그가 몰랐듯, 표적 역시도 그 자신에 대해 아는 것이 없다. 서로가 모르는 상태에서 생존의 첫째 요소는 무공 실력이 아니다. 첫째 요소는 적의 약점을 찾는 판단력이다. 그는 이 점을 신강대전에서 처절할 정도로 경험했다.

"흐음."

담사연은 긴장 어린 숨결을 흘리며 눈앞의 적을 노려봤다.

눈은 표적의 얼굴을 주시하지만, 신경은 온통 표적의 손에 맞추어져 있었다. 표적의 손이 미세하게 움직인다. 철검 조각을 들고 있는 오른손이다.

'피하면 안 돼. 던지면 그냥 맞고, 그다음에 반격을 해야 돼.'

표적이 내던진 철검 조각에 심장이 관통될 수 있다. 하나 그렇더라도 섣불리 먼저 움직여선 안 된다. 그에게 반격의 기회는 오직 한 번뿐이다.

슛!

한순간 단화진의 오른손에서 철검 조각이 날아갔다. 단화진의 입가에 엷은 미소가 걸린다. 결과를 확신하는 미소이리라.

'지금!'

단화진이 승리를 확신하던 그때, 담사연의 오른손이 요대 아래로 내려갔다. 그리고 그와 동시에 자모총통이 무섭게 뽑혀 나오며 격발됐다.

푸아앙!

"으읍!"

"헉!"

두 줄기 신음과 함께 동굴의 양쪽 벽면에 담사연과 단화진이 각각 처박혔다. 담사연은 어깨에 철검 조각이 꽂혔고, 단화진은 복부에 철탄이 박혔다. 무승부 같지만 심정적으로는 단화진이 훨씬 더 충격을 받았다.

"이럴 수가!"

단화진은 철탄에 관통된 복부를 내려다보며 불신의 음성을 토했다. 철단금이 팔성에 이른 외금강지체다. 무엇이 금강과도 같은 그의 외공을 뚫어냈단 말인가. 단화진의 눈은 곧 담사연의 오른손에 잡혀 있는 자모총통에 향했다. 무언가를 생각하는 눈빛이 잠깐 흐른 후에 단화진이 벌떡 일어섰다.

"자모총통! 당신이 어찌 그 무기를 소유하고 있습니까!"

*   *   *

"두 달 전, 사중천 서열 십오 위 흑수마적 강초량이 하북의 한 기방에서 기녀로 변장한 자객에 의해 음독 척살되었습니다. 당시 사건을 일으킨 자객은 현장에서 체포되어 사중천으로 압송되었는데 사파인들의 모진 고문 수사 끝에 자신이 동심맹 소속이라고 자백을 하였습니다. 이에 사중천은 그간에 벌어졌던 사파 무림인들의 저격 척살에도 동심맹이 관여되어 있다고 주장하며 정파무림의 공식 사과와 동심맹주 매불립의 맹주직 사퇴를 강력하게 요구했습니다."

중앙객잔 일 층 주루에 조순이 밀담 자리를 마련했다. 이

자리에서 조순은 이번 작업의 발단에 대해 천이적에게 비교적 자세히 설명했다. 조순의 입에서 나오는 말은 아무나 들을 수 없는 정사 단체의 기밀 사안이다. 다시 말해, 천이적도 이제 이 사안에서 자유로울 수 없는 몸이 되었다는 것을 의미한다.

"동심맹으로서는 당연히 사중천의 요구를 들어줄 수 없습니다. 하여, 맞불을 놓고자 사중천의 청성군자 암살 사건을 계획하게 되었습니다."

이번 청부에 관한 기본적인 설명이 끝났다. 천이적은 조순의 이야기 중에서 쉽게 납득되지 않는 사안에 대해 물음을 던졌다.

"상대가 사중천이라는 점을 감안하면 청성당 청부 작전에 허술한 점이 너무 많습니다. 그들은 이번 청부 살행이 동심맹에서 계획된 역작업이라고 판단할 것입니다."

이 물음에 답하기 전에 조순은 먼저 묘한 미소를 비쳤다.

"천 형, 아무래도 너무 오래 쉬신 것 같소. 사안을 보는 눈이 예전 같지가 않소이다."

말 속에 뼈가 있다. 천이적이 조순을 힐끗 쳐다봤다.

"문제의 핵심은 사중천이 아니고, 동심맹이외다. 명분만 있다면 동심맹은 얼마든지 이 사안을 돌파해 나갈 수 있소이다."

천이직은 조순의 말뜻을 뒤늦게 알아차렸다. 야행강호라 불릴 정도로 살수들이 암약하는 천하다. 원인과 결과를 두고 살행을 명명백백하게 따지자면 천하의 어떤 단체도 면죄부를 받을 수 없다.

"천 형의 경륜이라면 내 말의 뜻을 충분히 알아들었으리라 믿습니다. 일이 무사히 끝나면 동심맹 난주지부에 자리를 하나 만들어놓겠으니 천 형도 야인 생활을 그만 마치고 본업에 복귀해 주시기 바랍니다."

말끝에서 천이적이 눈살을 살짝 찌푸렸다. 야인 생활을 마치라는 것은 곧 동심맹으로 들어오라는 뜻이다.

조순이 천이적의 표정 변화를 살피곤 말을 이었다.

"어차피 천 형도 이젠 우리와 한배를 탄 몸입니다. 앞으로는 동심맹의 일에 적극적으로 나서주리라 믿습니다."

나서 달라는 말. 권유도 아니고 부탁도 아니다. 오히려 위협에 더 가깝다. 조순의 이어지는 말에서 그 위협이 구체적으로 드러났다.

"참, 당분간 우리 애들이 천 형과 같이 생활을 할 것이외다. 이번 작전을 무사히 마칠 때까지 기밀을 유지하겠다는 뜻이니, 인신이 구속되더라도 천 형께선 불쾌히 생각하지 말았으면 합니다."

조순의 말이 끝나자 일단의 무인이 천이적의 주변에 모여

들었다. 천이적은 반박도 반발도 하지 않았다. 상대는 천하의 절반을 장악한 무림 단체의 실권자였다. 무력으로 떨칠 수 있는 상황이 아니었다.

"하면 나는 그리 믿고 갈 테니 다음에 한번 좋은 자리를 가지도록 합시다."

조순이 자리에서 일어났다. 천이적도 이때 같이 일어섰다. 그러자 천이적의 주변에 있던 무인들이 날카롭게 반응했다. 조순이 천이적과 무인들을 돌아보곤 가볍게 손을 저었다. 무인들이 한 걸음 뒤로 물러섰다.

조순이 물었다.

"천 형께선 내게 따로 전할 말이 있습니까?"

천이적은 잠깐 침묵을 유지했다가 입을 열었다.

"만약 자객이 임무를 완수하면 그땐 어떻게 되는 것이오?"

"무슨?"

천이적의 말뜻을 조순은 제대로 알아듣지 못했다.

"그러니까 내 말은… 자객이 단화진의 목을 베면 어떻게 되느냐고 묻는 것이오."

"……."

조순이 멈칫했다. 그리고는 천이적을 묘한 표정으로 건너다보며 말했다.

"그럴 일은 없습니다. 나는 그런 결과를 한 번도 예상해 보지 않았습니다."

"무림의 일은 누구도 단정할 수 없소이다. 구 할의 확신이 때론 일 할의 변수에 깨져 버리는 것이 바로 무림의 일이었지 않소."

"흐음."

조순이 눈매를 좁혔다. 안색도 차갑게 변했다. 천이적과 대면한 이후에 처음으로 보이는 감정 표출이다.

"천 형은 동심맹을 너무 쉽게 보는 것 같군. 이번 일은 동심맹주의 승인 아래, 내가 직접 사안을 돌본 일이오. 천 형을 포함해, 현재 난주에서 활동 중인 무림인 전부를 사전에 조사하고, 단화진을 상대로 가상 작업을 일일이 해본 후에 풍월관에 일을 연결했소. 경고하는데, 괜한 심정으로 앞서나가지 마시오. 자고로 가벼운 입은 화를 부르는 법이외다."

조순의 날선 반응에 천이적은 입을 굳게 다물었다. 그러는 사이 조순이 객잔을 떠났다. 천이적은 자리에 다시 앉아 식어 버린 차를 천천히 마시며 생각에 잠겼다.

조순의 작전 능력을 잘 알고 있다. 무림의 제갈량이라는 세간의 평가를 그 역시 폄하 없이 받아들인다. 다만 그런 조순도 이번 청부에 대해서 절대로 모르는 것이 하나 있다. 그것은 천이적이 이번 청부에 임하며 최악의 상황을 대비한 비장의 한 수와도 같다.

"이게 운명이라면 이제 죽을 사람은 죽고, 살 사람은 살아야겠지."

천이적은 객주를 불러 홍차 한 잔을 더 시켜 느긋하게 마셨다. 중양객잔을 떠날 생각은 없었다. 비장의 한 수가 그의 예상대로 움직여 주었다면 그는 조만간 이 자리에서 다시 조순과 만나게 될 것이다.

＊　　　＊　　　＊

자모총통의 공격이 실패로 돌아갔다. 자모총을 사용하고도 적의 숨통을 끊지 못한 것은 이번이 처음이다. 상대의 무력이 그만큼 대단하다는 것을 의미하는데 담사연은 이 결과에 대해 실망의 기색을 비추지 않았다. 적을 죽이지 못하면 그가 죽는 상황이었다. 실망을 하기보다 승리의 요소를 찾는 것이 더 중요했다.

사실, 희망적 요소가 아주 없는 것은 아니었다. 일차 격돌에서 표적은 어리석은 짓거리를 했다. 그를 충분히 처리할 수 있음에도 자신의 무공 수준을 믿고 괜한 여유를 부렸다. 그가 표적의 입장이었다면 뭐가 어찌 됐든 일단 확실히 죽여놓고 저격 상황을 되돌아봤을 것이다.

'실전의 경험이 많지 않다는 증거이지.'

실전 경험이 부족한 고수. 이런 무인과 싸울 때는 되도록 빠른 시기에 단판 승부를 봐야 한다. 고수의 무공이 최대한 활용되는 시점이 되면 하수는 두 번 다시 승기를 잡지 못한다.

"타앗!"

생각이 정리된 담사연은 앉은 자세 그대로 튕기듯 앞으로 달려갔다. 단화진이 자모총통을 알아보았을 때의 시점과 거의 일치한다. 담사연의 이런 육탄 돌격에 단화진이 일장으로 맞섰다. 공간을 격해 날아오는 장력. 맞으면 끝장이고 스쳐도 골로 간다. 단화진을 오 보 앞둔 거리에서 담사연의 신형이 좌우로 흔들렸다. 기묘한 보법이었다. 신형은 좌우로 흔들리는데 움직임은 직진을 유지하고 있었다.

"어엇?"

단화진이 순간적으로 허둥댔다. 그 순간 담사연의 오른쪽 다리가 단화진의 두 다리 사이로 파고들어 왼쪽 종아리를 강하게 걸어 당겼다.

쿵!

단화진이 바닥에 쓰러졌다. 담사연은 쓰러진 표적의 얼굴을 무자비하게 짓밟았다. 한 번, 두 번, 세 번. 담사연의 발길질은 세 번째에서 멈췄다. 단화진이 담사연의 발목을 손으로 움켜잡고 있었다. 담사연의 공격에 충격 받은 모습은 없었다.

"잔재주 따위로 감히!"

단화진이 담사연의 발목을 잡은 채로 동굴 벽에 내던졌다. 담사연은 동굴 벽에 처박혔다. 뼈마디가 욱신대지만 여유 부릴 처지가 아니다. 동굴에 처박히기 무섭게 담사연은 옆으로 몸을 굴렸다. 한 줄기 장력이 그가 처박혔던 동굴 벽을 강타했다. 장력의 위력은 벽면에 선명히 새겨진 손바닥 문양으로 충분히 증명됐다.

"이젠 정말 용서가 안 됩니다. 확실히 죽여 드리지요!"

단화진이 일어나 장력 발출의 자세를 잡았다. 한 번의 공격으로 끝내고자 내력을 일으키는 모습인데 단화진은 이번에도 오산을 했다. 장력을 발출할 것이 아니라 담사연에게 곧장 달려들었어야 옳았다. 표적의 장력을 피한 담사연은 몸을 팽이처럼 돌려 동굴 입구로 곧장 내달리고 있었다.

"흥! 어딜!"

담사연의 뒤를 단화진이 무섭게 따라붙었다. 담사연도 빠르지만 단화진은 더 빨리 움직였다. 일 보에 화살처럼 달려가는 신법. 화산파의 암향표에 비견된다는 청성파의 경공, 능파보였다.

삼 장, 이 장, 일 장…….

거리는 순식간에 좁혀졌다. 앞서 달리는 담사연도 현 상황을 모르지 않았다. 사실, 대응의 한 수도 미리 준비해 둔 상태였다. 담사연은 달리던 와중에 가슴 앞에 묶어둔 격살포의 연결 매듭을 잡아당겼다.

푸아아앙!

담사연의 등에서 격살포가 발사됐다.

단화진의 눈앞에서 갑자기 쏟아진 철침은 전부 서른두 개.

추격에 집중했던 단화진으로서는 피할 공간이 거의 없다.

콰콰콰쾅!

철침이 단화진의 몸에서 폭발을 일으켰다. 화약이 아님에도 철침이 폭발한 이유는 단화진이 철단금을 일으켜 신체에 부딪치는 암기들을 강제 폭발시켰기 때문이다.

그러는 사이 담사연은 어느새 동굴 입구에 다다랐다.

입구 어귀에 설치해 둔 지주망기의 천잠사가 눈에 보인다. 표적은 그를 뒤쫓는 것에 시선이 집중되어 있기에 이것의 유무를 알아채지 못할 것이다.

'승부를 꺼리면 안 돼. 여기서 끝장을 봐야 돼.'

담사연은 애초부터 도주할 의사가 없었다. 그는 좀 더 유리한 지점에서 승부를 보고자 표적을 이곳으로 유인했을 뿐이다.

등줄기에 기력의 압박이 느껴진다. 격살포에 주춤했던 표적이 사정권 안에 다시 들어온 모양이다. 그는 감각을 총동원해서 등 뒤의 상황에 집중했다. 뒷머리가 서늘하다. 표적의 장력 발출이다. 담사연은 이를 악물곤 최대한의 속도로 내달렸다.

푸아아앙!

단화진의 장력이 담사연의 등에 타격됐다. 아니, 담사연이 갑자기 앞으로 쭉 날아갔기에 시각적으로 그렇게 보였다. 담사연을 뒤쫓아 달려가던 단화진의 허벅지에 무언가가 걸렸다. 그 순간 동굴의 천장에서 천잠사가 거미줄처럼 뻗어 나와 단화진을 둘둘 감았다.

투투투투투!

변수 상황은 아직 끝나지 않았다. 이번엔 단화진의 등 뒤에서 칠채궁의 쇠뇌전이 날아왔다. 천잠사에 묶인 상태다. 피할 수도 없고 단박에 끊어낼 수도 없다. 방어의 수단은 한 가지. 단화진은 철단금을 극성으로 일으켜 몸을 방어했다. 칠채궁의 쇠뇌전이 등 뒤에서 튕겨 나갔다. 그와 동시에 단화진의 몸을 묶은 천잠사가 녹기 시작했다.

돌발적인 상황을 맞이해 놀라운 대응 수법을 선보였지만 그것에 집중하느라고 단화진은 그만 담사연의 움직임을 순간적으로 놓쳤다. 담사연이 노린 승부의 시점이었다.

"타앗!"

앞서 달리던 담사연이 신형을 되돌려 단화진을 마주 보고 달려갔다. 진행 방향이 정반대로 바뀌었지만 사용 가능한 내력을 바닥까지 뽑아낸 터라 속도는 전혀 줄지 않았다.

담사연은 달리던 중에 단검을 빼 들었다. 표적의 상태를 살펴본다. 천잠사에 묶인 표적은 철단금을 전력으로 일으키고 있다. 철단금의 위력을 말해주듯 동굴이 요란히 뒤흔들린다. 표적과 눈이 마주친다. 표적의 눈에서 무시무시한 안광이 발출된다. 너무 붉어 녹광이 일렁대는 눈빛. 쳐다보기만 해도 녹아버릴 것 같다. 그러나 이것에 주눅 들면 안 된다. 머뭇거려서도 안 된다. 만약 이번에도 성과를 내지 못한다면 그땐 그가 죽게 될 것이다.

'타격지는?'

상대 거리가 삼 보로 좁혀졌다. 그는 단검을 잡은 손에 힘을 가득 실었다. 원래는 표적의 심장 한가운데에 단검을 꽂을 생각이었다. 그런데 이 순간 그의 뇌리로 진하게 새겨지는 글이 타격 방향을 돌리게 하고 있었다.

단가보갑(段家寶鉀) 금강신갑(金剛身鉀)
파쇄금갑(破碎金鉀) 녹안선관(綠眼先貫)

단씨 가문의 보물 갑옷은 몸을 금강처럼 강하게 만든다.
금강의 갑옷을 파괴하려면 녹색 눈을 먼저 뚫어야 한다.

형이 왜 그런 글을 적어 놓았는지, 어떻게 예언 같은 글을 적을 수 있게 되었는지 그런 점들에 대해선 여전히 모른다. 현재의 상황과 형의 글이 일치된다고 확신도 하지 못한다. 다만 그는 현재 자신의 몸을 전율시키는 이 감정과 생각에 역행을 할 수가 없다.

'단가보갑의 약점은 눈. 눈은 두 개. 그중에서 녹색의 눈은?'

그는 표적의 눈을 살펴봤다. 강렬한 안광을 발출하는 것은 마찬가지이지만 그럼에도 눈동자의 색깔이 조금 달랐다. 홍광 일색인 오른쪽 눈과 다르게 왼쪽 눈동자는 홍광과 더불어 녹광이 일렁대고 있었다.

'결정은 녹안! 결과는 형의 뜻대로!'

그는 달려가던 속도 그대로 표적의 왼쪽 눈에 단검을 꽂아 넣었다.

콰악!

"으윽!"

단화진이 악문 신음과 함께 동작을 멈추었다. 전신에서 발출되던 사나운 기세도 사라졌다. 철단금이 깨졌다는 것을 의미한다. 단화진은 왼쪽 눈에 비수에 박힌 얼굴 그대로 담사연을 멍히 쳐다봤다. 불신의 표정이었다.

"어, 어떻게 나의 조문을?"

"설명은 나중에."

단화진의 물음에 담사연은 답해주지 않았다. 그는 부러진
철검을 두 손으로 눕혀 들고 표적의 목을 향해 사정없이 휘둘
러 쳤다.

퍽!

4장

끝나지 않은 청부

단화진 저격 한 식경.

청성당에서 검푸른 불꽃이 하늘로 숫아올랐다. 그것에 뒤이어 범상치 않은 범종 소리가 적석산을 요란히 울렸다. 낙성암에서 청부 작전을 지휘하던 흑의인과 소유진도 이 현상을 보고 들었다. 그들에게 이것의 의미는 아주 심각했다. 화약 불꽃은 청성파의 절대 위기를 대외에 알리는 신호, 금조령이고 범종 소리는 청문 수련동에서 수련 중인 모든 제자들에게 지금 즉시 무장을 하고 청성당 본전으로 나오라는 의미인 것이다.

"이게 대체?"

흑의인이 당혹한 얼굴로 허둥댔다. 청성당 습격 사건인 점을 감안해 이급 수준의 반응은 청성당에서 나오리라 예상했다. 그런데 이건 일급도 뛰어넘는 특급 상황이었다. 이런 상황은 사전에 전혀 대비해 두지 않았다.

"지금 무슨 일이 벌어진 거지?"

흑의인이 소유진을 돌아보며 물었다.

당혹의 심정은 마찬가지이지만 상황 판단은 소유진이 흑의인보다 앞섰다.

"청성당이 공격을 조금 받았다고 해서 금조령을 날리진 않습니다. 어쩌면 최악의 사태가 벌어졌을 수도 있습니다."

"최악이라면? 설, 설마?"

흑의인이 반문하다 말고 누렇게 안색이 변했다. 최악의 사태가 무엇을 뜻하는 말인지 모르지 않는 것이다.

잠시 후, 청성당을 습격했던 복면 무인 중의 하나가 낙성암으로 뛰어 올라왔다. 즉각적인 상황 보고를 해야 하건만 복면무인은 흑의인 앞에서 망설이는 눈치로 말을 떠듬거렸다.

"저… 그러니까 그게 저…….."

흑의인이 성난 어조로 소리쳤다.

"야! 빨리 보고해. 청성당에서 대체 무슨 일이 벌어진 거야?"

"역급(逆及), 역급 사태가 벌어졌습니다."

"마, 맙소사!"

역급이란 짧은 대답에 청성당의 상황이 일목요연해졌다.

최악의 사태. 설마 했던 그 일이 벌어진 것이다.

소유진도 복면 무인에게 물었다.

"자객은 어떻게 되었지?"

"표적을 저격한 후에 유가협 방면으로 도주했습니다. 현재 청성당의 무인들이 벌 떼처럼 뒤쫓고 있습니다."

소유진이 유가협 방향으로 돌아섰다.

흑의인이 다가와 떨리는 음성으로 물었다.

"어떡할까? 확인 차원에서 우리가 아래로 내려가 볼까?"

소유진은 고개를 저었다.

"이미 벌어진 사태예요. 그리고 역급 상황이 확실하다면 우리는 지금 염라사자의 칼날에 목이 걸린 것이나 마찬가지예요."

염라사자란 말에 흑의인이 흠칫했다. 누구를 지칭하는지 모르지 않는 것이다.

"단화진의 사부, 청성염라 일엽은 고지식하다 싶을 정도로 소아(小我)적인 정도를 추구하는 인물이에요. 우리가 이 일에 관여되었다는 것을 안다면 이유 불문하고 우리의 목부터 먼저 날릴 거예요."

"하긴."

흑의인도 동의했다. 이번 작전에서 일엽을 애초에 배제한 것도 바로 그와 같은 이유, 일신의 정도만 고집스럽게 추구하는 일엽의 성격 때문이었다.

"하면, 이제 어떻게 할까?"

"현 시각, 작전은 완전 중단이에요. 수하들은 물론 우리 역시 현장에서 즉시 철수해야 돼요."

소유진의 조치에 동의한다. 다만 흑의인에게 꺼림칙한 것이 한 가지 있다.

"자객의 처리는? 일엽에게 잡힌다면 후일 맹 내에 큰 문젯거리로 발전될 거야. 차라리 우리가 처리하고 가는 것이 옳지 않을까?"

"이미 잠적한 자객이에요. 우리가 나선들 무슨 수단이 있겠어요. 그리고 불가능의 청부를 완수한 자객이에요. 청성당 무인들에게 쉽게 잡히지 않으리라고 봐요."

"하면 자객의 생사도 모른 채 이대로 맹으로 돌아가자고? 그럴 바엔 차라리 지옥으로 가겠어."

소유진과 흑의인은 현장 관리자이지, 이번 청부의 주체자가 아니다. 대책 없이 맹에 복귀한다면 엄중한 처벌을 받는 것은 불문가지다.

"물론 그냥 돌아가면 안 되죠. 풍월관의 운명이 우리 손에 있어요. 자객에게 의리가 조금이라도 남아 있다면 우리 앞에 스스로 나타나겠죠."

말을 마친 소유진은 낙성암에 대기 중인 풍월관의 식구를 가만히 돌아봤다. 맹적과 맹표는 현재 뭐가 뭔지 잘 모르는 얼굴로 멍청하게 서 있었다.

단화진 저격 반 시진.

청성당주 일엽이 정무관을 박차고 나왔다.

일엽은, 삼 년 전 청성파를 내분으로 몰고 갔던 청도학련 사태의 책임을 지고 장문인 자리에서 내려와 청성당 정무관 에서 무기한 자숙 폐관에 들어간 상태였다. 이 기간 동안 일엽은 청성파의 공적인 도가 의례식이 아니라면 외부로 일절 나오지 않았다.

그런 전례를 깨고 정무관에서 나온 일엽은 이십사 수련동에 들어가기 전까지 단화진의 사망을 불신했다. 절정의 경지에 이른 제자의 무력 수준은 둘째 문제였다. 제자에 대한 믿음이 그 무엇보다 우선했다. 그의 제자는 청성파의 희망이자, 정파무림의 미래였다. 자객 따위에게 삶을 마쳐서는 절대로 안 되는 존재였다.

하지만 일엽은 제자의 수련동에 들어서자마자 참담한 심정에 빠졌다. 동굴 입구에 목 잘린 제자의 모습이 있었다. 현장을 보존했기에 제자는 선 자세 그대로 시신이 되어 있었나.
일엽은 한동안 말을 잃었다. 감정이 북받쳐 올라 노안에 눈물
까지 글썽였다. 그러나 거기까지, 일엽의 심정은 점차 분노로
변했다.

청성파를 빛낼 영웅이라고 믿었건만 고작 자객 따위에게
죽임을 당할 인생에 불과했던가. 차라리 잘되었다. 부러질 희
망을 안고 살아가느니 일찌감치 다른 희망을 찾는 것이 옳지
않겠는가.

일엽은 그렇게 절망을 넘어선 분노의 심정으로 제자와의
정을 정리했다. 남은 것은 이제 제자의 삶을 망친 원인을 찾
아 복수를 해주는 것. 일엽은 사부의 심정이 아닌 검시관의
눈으로 제자의 몸을 다시금 살펴봤다.

제자의 목은 단칼에 잘렸다. 일견하기에도 이해가 잘 되지
않았다. 그가 알기로 제자는 단가의 철단금을 팔성 가까이 성
취했다. 일반적인 검술 수준으로는 철단금의 금강 신체를 단
칼에 자르지 못한다. 절정의 검공이 발휘되어야 가능한데 제
자의 목이 잘린 검흔에선 상승 검공의 흔적이 발견되지 않는
다. 거칠고 투박한 검흔. 내가 검공이 아닌 검력에 의해 잘렸
다고 봐야 한다.

제자의 복부에도 무언가에 관통된 상흔이 있었다. 검상이
아니다. 이건 암기에 의한 타격이다. 철단금의 신체를 뚫어낸

암기. 자객은 암기의 전문가란 말인가. 강호에 암기로서 제자를 저격할 자객이 있었던가. 자객의 무공 수준에 대해 전반적으로 혼란이 생기고 있었다.

"흐음."

제자의 상태를 살피던 일엽은 곧이어 또 다른 의문에 사로잡혔다. 제자의 손에 검이 없었다. 주변을 둘러봐도 보이지 않았다. 생과 사를 다툰 순간이거늘, 검사의 손에 정작 검이 없다? 이건 말이 되지 않았다. 검은 검사의 생명과도 같다. 검사는 죽는 그 순간까지 검을 손에서 놓아서는 안 된다. 적어도 그는 그렇게 청성파 제자들을 가르쳤다.

수련동 안에 들어가 봐야 한다. 검공의 고수였던 제자가 검을 들지 못한 이유가 있었을 것이다.

일엽은 동굴 깊숙이 들어가 단화진이 무공 수련하던 청원단석 앞에 섰다. 청원단석은 제자의 무공 수련에 도움을 주고자 그가 청성파에서 직접 가져온 것인데 수련자의 내력을 증진시키고 심신을 안정시키는 데 큰 효과가 있다고 알려진 무가지보다.

청원단석을 만져 본다. 아직 온기가 흐르고 있다. 아니, 그렇게 느껴지고 있다. 저격 사건의 시작은 바로 이곳이다. 자객은 무공 수련 중인 제자를 기습했고 그 공격은 실패로 돌아갔다. 자객이 기습에 성공했다면 동굴 입구가 아닌 이곳에 제

자의 시신이 있었을 것이다

자객과 제자의 두 번째 격돌도 바로 이곳에서 벌어졌다. 청원단석을 중심으로 좌우측 동굴 벽면까지 각각 밀려 나간 발자국의 흔적이 있다. 미세한 흔적이지만 일엽의 예리한 눈을 피할 수는 없다. 이러한 흔적으로 유추해 보면 자객과 제자는 이차 격돌에서 각각 동굴 벽면까지 밀려 나갔다. 제자가 동굴 벽까지 밀려나야 했던 이유는 아마도 제자의 복부를 관통한 그 암기와 관련이 있었을 것이다.

세 번째 격돌은 두 번째 격돌 후에 바로 벌어졌다. 동굴 중앙 바닥에 충돌의 흔적이 남아 있다. 바닥의 흔적으로 보아, 둘 중 하나가 이곳에 쓰러졌다. 일엽은 자객의 움직임을 우선적으로 살폈다.

동굴 벽에 처박혔던 자객은 곧장 제자에게 달려들었다. 상대 거리는 십 보. 고수의 입장에서 보면 그다지 먼 거리가 아니다. 다시 말해 자객의 공격에 대응할 충분한 시간적 여유가 제자에게 있었다는 뜻이다.

"……?"

그러나 유추되는 상황과 현장에 남은 발의 흔적은 상이했다. 발자국은 자객의 것이 압도적으로 많았다. 근접 대결에서 오히려 제자가 당했다는 뜻이다. 자객은 대체 어떤 방식으로 제자에게 접근했을까?

일엽은 자객이 위치했을 동굴 벽면으로 걸어갔다. 그리고 그곳에서부터 발자국의 미세한 흔적을 따라 자객의 동선을 재현해 보았다. 일 보, 이 보, 삼 보, 사 보까진 전진 보법이다. 그런데 오 보에 이르던 시점에서 돌연 좌우로 펼쳐지는 수평 보법으로 바뀌어 있다. 전진보법과 수평보법이 동시에 사용되는 신법. 강호에 그런 신법이 있었던가?

"망혼보?"

일엽은 눈매를 잔뜩 찌푸렸다. 현장에 남은 발의 흔적으로 보아 유추되는 신법이 있긴 있다. 그러나 이 가정은 불신도 더불어 가져왔다. 망혼보는 실현이 불가능한 보법이다. 수평적인 움직임과 전진 보법은 동시에 이루어질 수 없다. 그래서 무림에선 망혼보를 불가공법 중의 하나에 포함시킨다.

'망혼보가 아니라고 해도, 자객이 평범한 무인이 아니라는 것, 그것은 재론의 여지가 없어.'

일엽은 의문의 사안을 남겨두고 사인 추적을 계속했다.

쓰러진 제자를 공격하던 자객은 제자의 반격에 다시 동굴 벽면까지 밀려 나갔다. 이건 틀림이 없는 상황 추적이다. 튕겨 나간 그쪽 동굴 벽면에 하나의 장인이 선명히 새겨져 있다. 동굴 벽을 찍힌 장인. 일엽이 직접 단화진에게 전수해 주었던 청성파의 청성마라수이다.

동굴 내부의 상황 추적은 일단 거기까지다. 자객의 흔적은 그곳에서부터 동굴 바깥으로 향해 있다. 도주를 했다는 뜻이다.

일엽은 이 시점에서 청원단석을 다시금 되돌아봤다. 청원단석 앞의 벽면에는 낯익은 푸른 검갑의 장검이 걸려 있었다. 청송검. 일엽이 청년 시절 사용했던 애검이다. 제자가 단가 가문의 명성을 내려놓고 청성파에 입문했을 때 그는 기쁜 마음으로 그것을 하사해 주었다.

"흐음."

청송검을 주시하던 일엽은 문득 불편한 숨결을 흘려냈다. 동굴 밖으로 도주한 표적. 백 번 양보해서 워낙에 긴박한 상황이라 검을 들 시간이 없었다고 해도, 적어도 이 시점에서만큼은 검을 들어야 했다. 하지만 청송검은 원래의 자리에 그대로 있다. 다시 말해, 제자는 애초부터 검을 들 생각을 하지 않았단 것이다.

"한심한 놈."

일엽은 낮게 중얼대며 청송검을 손으로 가리켰다. 청송검은 자석에 이끌린 듯 그의 손 안으로 빨려 들어왔다. 일급 이상의 무인이라면 이런 허공섭물은 어려운 수단이 아니다. 제자 역시도 충분히 가능하다.

청송검을 손에 잡은 일엽은 동굴 밖으로 걸어 나가며 자객의 흔적을 추적했다. 제자의 시신 자리에서 칠팔 보 떨어진 위치. 그곳 바닥에 철침의 잔해가 여기저기 떨어져 있었다. 자객이 어떤 방식으로 철침을 발사했는지는 모른다. 다만 이 갑작스런 암기 공격에 제자가 적잖이 흥분해서 대응했다는 것은 알 수 있다. 냉정을 유지했다면 적의 암기 공격에 철단 공의 내력으로 정면 대응하진 않았을 것이다. 실전에 들어서면 검사는 가슴이 얼음처럼 차가워야 한다. 마음이 들뜬 상태에서는 바른 대응을 하지 못한다. 실망스럽게도 제자는 가장 기본적인 검사의 검심조차 지키지 않았다.

제자의 시신 앞에 다시 다다랐다. 제자는 여기서 동작이 순간적으로 중단됐다. 일엽은 현장을 매섭게 살펴봤다. 중단된 이유는 곧 유추할 수 있었다. 동굴 천정에 무언가가 장착된 자국이 있었다. 자객이 증거품을 회수해 갔지만 그 흔적까지 완전히 지워내지는 못했다. 제자의 시신이 있는 동굴 바닥에 은색의 실 같은 것이 흩어져 있었다. 일엽은 그중의 한 가닥을 손에 들었다. 은색 실은 철사처럼 강하고 날카로웠는데 끝부분이 내기에 의해 녹아 있었다.

"지주망 천잠사."

일엽은 이것의 정체를 어렵지 않게 알아냈다. 예전에 신마교의 무인들이 사용했던 포박 암기 중의 하나였다.

천잠사가 녹은 이유도 바로 알 수 있었다. 제자가 철단금을 극성으로 발휘했기 때문이었다. 지주망에 순간적으로 묶인 제자. 그것을 녹여내기 위해 사용한 철단금. 긴밀한 대처 같지만 일엽이 보기엔 어리석기 짝이 없는 행위였다.

"멍청한 놈! 적의 칼날을 눈앞에 두었거늘 한가하게 제 몸이나 돌볼 생각을 하다니."

자객은 도주를 한 것이 아니었다. 처음부터 이곳으로 제자를 유인해 승부를 볼 작정이었다. 지주망에 제자가 묶인 순간, 자객은 되돌아 달려왔다. 그리고 무슨 수법인지는 모르지만 제자의 철단금을 깨뜨리고 목을 잘랐다.

일엽이 제자의 입장이었다면 그 순간 철단금을 발휘하는 것이 아닌 공격 수법으로 맞대응했을 것이다. 지주망에 몸이 묶였다는 건 변명이 되지 못한다. 명색이 청성파의 수제자요, 정파의 미래라고 불렸던 제자이다. 몸이 포박된 상태에서 펼칠 수 있는 공격 수법은 열 가지도 넘는다. 하물며 그때 검을 들고 있었다면 묶인 순간 바로 잘라내고 반격했을 것이다.

일엽은 목 잘린 제자의 시신과 마주 섰다. 이젠 애처로운 감정도 생기지 않았다.

"청송검을 회수한다. 네놈은 나의 제자가 될 자격이 없다."

일엽은 차갑게 말하며 돌아섰다. 사제의 정은 깨끗이 정리됐다. 남은 것은 자객을 잡아 저격 과정에서 보였던 여러 의문 사안을 풀고, 나아가서는 오늘의 사건을 일으킨 무리들에게 청성파의 응징이 무엇인지 알려주는 일이다.

동굴 밖으로 나왔다. 수련동 입구에는 일단의 청성파 무인이 긴장한 얼굴로 도열해 있었다.

일엽은 그중의 선임 무인에게 물었다.

"자객은 지금 어디에 있느냐?"

"반 시진 전에 유가협으로 도주했습니다."

"누가 추적하고 있지?"

"남양 사형이 일선에서 뒤쫓고 있습니다."

"남양이라……."

일엽은 고개를 끄덕였다. 남양이라면 일처리를 믿을 수 있다. 아니, 적어도 단화진 같은 멍청한 짓거리는 하지 않을 것이라 믿는다.

일엽은 청성당 무인들을 진한 눈길로 돌아봤다. 무인들이 긴장한 자세로 움찔했다. 지금은 야인의 신분이지만 얼마 전까지만 해도 청성파의 일인자였던 일엽이다. 청성파 안에서 그의 권력은 아직도 생생히 살아 있다. 그가 공식적으로 나선다면 그건 곧 청성파의 본진이 움직이는 것과 같다.

일엽이 말했다.

"중원으로 나갈 청성검대를 조직하겠다. 청성파로 전문을 보내 천섭오검을 전원 이곳으로 호출하라. 아울러 개봉의 유백신검, 낙양의 운룡금학, 하북의 소요상인도 전원 청성검대에 합류하라고 명해라. 청성검대의 지휘는 내기 직접 한다."

단화진 저격 한 시진.

청성파 십육 대 제자 남양은 일엽이 청성파 장문인을 역임하던 시절 거둔 일곱 검사 중에서 다섯 번째 제자이다. 무공은 단화진보다 많이 약하지만 무인으로서 승부 근성 하나만큼은 일곱 제자 중에서 단연 발군이라 할 수 있다. 그래서 일엽은 강호에 문제가 생겨 청성파 검사를 내보낼 일이 생기면 최우선적으로 남양을 파견대에 내정해 두곤 했다.

단화진을 저격한 자객과 가장 먼저 부딪친 이는 바로 그 남양이었다. 사십일호 수련동에서 머물던 남양은 당시 청성당 기습 소식에 수련동을 나와 본전으로 향하던 참이었는데, 그만 이십사호 수련동 앞에서 자객과 정면으로 마주쳤다.

남양은 이때 상황 대처가 아주 재빨랐다. 단화진의 수련동에서 뛰쳐나온 의문의 인물. 전투의 흔적이 역력하고 어깨에는 철검 조각이 박혀 있다. 이십사 수련동에서 무슨 일이 벌어졌는지는 모르지만 한 가지는 확실했다. 의문의 인물이 청성당의 손님이 아니라는 것이다.

남양은 그런 판단과 동시에 검을 빼 들었다. 그리고 청류검법 청비진수의 초식으로 자객의 허벅지를 공격했다. 정확한 상황을 모르기에 살수가 아닌 행동 제압이 목적인 한 수였다.

의도대로 자객은 그의 검초에 허벅지가 길게 베여 바닥에 한 무릎을 꿇었다.

남양의 판단을 깨는 문제는 그다음에 일어났다. 일 수의 교환으로 미루어 보면 자객은 그의 대적 상대가 되지 못했다. 그래서 더는 저항을 못하리라 여겼건만 자객은 남양이 다가서던 그 순간 범처럼 땅을 박차고 올라 그의 턱을 후려쳤다.

권력이 상당했다. 정타가 아니었음에도 불구하고 남양은 맞는 순간 다리를 후들댔다. 남양은 당혹한 한편 분한 심정에 급히 퇴보를 밟아 청류검법의 최강초식 청라수영을 준비했다. 이번엔 인정을 봐주지 않는 살수의 초식이었다. 하지만 이 초식으로 자객을 끝장낸다는 남양의 확신은 바로 지워져 버렸다. 자객이 그를 향해 달려들었는데, 전진하던 신형이 돌연 좌우로 흔들린다 싶더니 병풍처럼 펼쳐진 모습으로 곧장 그를 지나가 버렸다.

자객이 그를 스쳐 갈 때 하체 공격이 있었다. 타격 부분은 무릎 뒤의 종아리였다. 남양은 중심을 잃고 바닥에 엉덩방아를 찧었다. 준비했던 청라수영의 초식은 사용해 보지도 못했다. 정신을 차려 다시 일어났을 때는 이미 십 장 이상 떨어진 거리에서 자객이 유가협 방면으로 도주하고 있었다.

자객을 놓친 남양은 일단 이십사동으로 들어가 상황 확인부터 했다. 그런데 어처구니없게도 목 잘린 단화진의 시신이 그곳에 있었다. 신 조치 후 보고다. 불신의 현장을 본 그는 그 길로 곧장 전력을 다해 자객을 추적했다. 청성파의 명예가 짓밟힌 일이었다. 반드시 자객을 처단해야 했다.

현재 남양은 자객을 반 시진째 추적하고 있었다. 그사이에 청성당의 무인들이 추적에 합류했다. 시간이 갈수록 남양은 자객 추적에 확신을 가졌다. 자객은 현재 부상이 심각했다. 도주로에 남긴 핏물 흔적이 그 점을 여실히 증명했다. 게다가 이곳 적석산 일대의 환경을 그는 자객보다 훨씬 더 잘 알고 있었다. 시간만 남았을 뿐 자객은 그의 손에 잡힌 것이나 다름없었다.

'대체 어떤 방식으로 대사형을 저격한 것일까?'

추격 내내 그를 괴롭힌 문제가 하나 있었다. 잠깐이지만 자객과 충돌해 봤다. 그가 판단하기로 자객은 단화진의 상대가 되지 못했다. 남양 자신과 비교해 봐도 자객은 무력이 많이 부족했다. 자객의 기습에 그 역시 당하긴 했지만 그건 어디까지나 돌발적이며 또한 잠깐의 충돌이었다. 싸움이 본격적으로 시작되면 그는 자객을 오십 초 안에 제압할 자신이 있었다.

'대사형이 방심한 건가?'

아무리 생각해 봐도 방심 외에는 다른 요인을 찾기 힘들었다. 물론 그 방심이란 것도 일류 입장에서 보면 기가 막히는

일이었다. 비유하자면 달마대사가 점소이에게 당한 형국이
었다.

'하기야, 그 답답한 우월감. 언젠가는 크게 한번 당하리라
고 생각했어.'

남양은 대사형을 우대하긴 했지만 무인으로서 존경하지는
않았다. 적에게도 존댓말을 사용하는 이중적인 군자 성격 아
니랄까, 대사형은 무공에서도 지나치다 싶을 정도로 격식을
따졌다. 특히 삼류들의 싸움 방식을 경멸할 정도로 싫어했다.
예전 낙양의 저자에서 청성파 검사들이 지역 패거리와 시비
가 붙었을 때도 손이 부끄럽다며 일절 그 싸움에 개입하지 않
았다.

'신분에 귀천이 없듯, 무공 수법에도 상하가 없어. 삼류의
방식이라도 배울 점이 있으면 배워야 돼.'

남양과 단화진이 다른 점은 바로 그런 사고방식이었다. 태
생적인 차이일 수도 있었다. 단화진은 무림이 알아주는 명문
귀족 신분이지만 그는 감숙의 대장장이를 아비로 둔 하층민
출신이었다. 남양은 더 나은 삶을 위해 청성파에 입문했고 그
곳에서 살아남기 위해 검공을 수련했다. 누구처럼 가문과 개
인의 명예를 위해 검을 들지 않았다.

'완전히 나쁘지는 않아. 어쩌면 내게 기회가 될 수도 있
어.'

단화진이 죽었으니 일엽의 남은 어섯 제자 중에서 누군가가 수제자가 되어야 한다. 수제자는 서열로 정해지지 않는다. 전적으로 일엽의 심중에 따라 정해진다. 이번 사건을 성공적으로 처리한다면 일엽의 눈에 첫 순위로 들어갈 수도 있다.

　남양은 희망적인 결과를 내놓으며 다시 추적에 열중했다. 자객의 흔적은 매천골 산등성이에서 죽림으로 이어지고 있었다. 죽림 안에 매복했을 가능성도 배제 못한다. 자객들은 원래 기습 공격을 잘하는 부류가 아니던가.

　"여기서부터 삼인 일조로 움직인다. 추적 중에 사주경계를 철저히 하되, 상황이 발생하면 최우선적으로 자객부터 처리한다."

　동료의 안위보다 자객의 처리가 더 중요하다는 뜻이다. 도문의 제자로서 남양이 아니고는 이런 명을 쉽게 내리지 못할 것이다.

　청성당 무인들이 남양의 지시에 따라 삼인 일조로 죽림에 뛰어들었다. 남양도 마지막 순번으로 죽림에 들어섰다. 자객이 남긴 흔적은 죽림 안에도 군데군데 있었다. 부러진 대나무 가지, 짓밟힌 낙엽, 점점이 뿌려진 혈흔. 남양은 바닥의 혈흔을 손가락으로 찍어 입에 가져갔다. 피는 침에 쉽게 녹을 정도로 응고되지 않았다. 자객과의 거리가 상당히 좁혀졌다는 증거다.

그렇게 한동안 죽림 수색이 이어졌다. 예상과 다르게 자객의 모습은 발견되지 않았다. 남양은 자객의 도주로를 되짚으며 생각해 봤다.

'매복은 아냐. 그럴 육체 상태도 아니고 정신 상태도 아냐. 내가 자객이라면 일단 멀리 달아날 길을 찾을 거야.'

매복이 아니라는 확신이 들자 남양은 이제 죽림의 추적 일선에 과감하게 나섰다. 자객의 도주 흔적을 따라 빠르게 움직이던 그는 죽림 끝에서 문득 걸음을 멈추었다.

죽림을 벗어나는 지점에 두 갈래 길이 있었다. 환경은 판이하게 달랐다. 오른쪽 방향은 죽림의 연장선상이라고 할 만큼 잣나무 숲이 울창한 산등성이고 왼쪽 산야 일대는 지역민이 화전을 일군 것처럼 풀뿌리 하나 없는 민둥산 지대였다.

"남양 사형, 어떡할까요? 추적대를 둘로 나눌까요?"

청성당 무인이 후속 조치를 물어왔다.

남양은 잠깐 생각한 후에 고개를 저었다.

"그럴 필요 없다. 너흰 잣나무 숲으로 들어가 추적을 계속해. 왼쪽 민둥산 지대는 내가 직접 확인해 보고 오겠어."

상식적으로 판단해 볼 때 도주가 시급한 자객 입장에서 시야가 탁 트인 곳으로 움직였을 리가 없다. 자객은 필경 잣나무 숲으로 들어가 유가협을 넘고자 할 것이다.

남양은 청성당 무인들을 잣나무 숲으로 보낸 다음 민둥산 지대로 빠르게 걸어갔다. 그런 한편 안력을 총동원하여 자객의 흔적을 찾았다. 이십 장을 넘게 움직였지만 민둥산 일대엔 아무런 흔적이 남아 있지 않았다. 핏물은 고사하고 발에 밟힌 잔풀의 흔적도 없었다.

그나마 다소 찜찜한 구석이 있다면 민둥산 중심 부분의 작은 바위에 놓여 있는 남색 상의였다. 남양은 그곳으로 걸어가 남색 옷을 직접 확인했다. 자객의 상의가 아닌 낡고 해진 옷이었다. 지역의 화전민이 아주 오래전에 벗어 놓고 간 옷인 모양이었다.

찜찜한 구석까지 모두 털어낸 남양은 그곳 민둥산 중심에 서서 주변을 돌아봤다. 시원하다 싶을 정도로 사방의 시야가 탁 트였다.

"너무 신중했군. 괜히 아까운 시간만 버렸어."

남양이 추적대를 뒤따라가고자 잣나무 방향으로 돌아설 때였다.

슈웅!

허공을 가르는 검은 점!

남양의 뒤통수를 향해 쇠뇌전 한 발이 무섭게 날아왔다. 처음엔 남양도 그것에 대해 파악을 못했다. 하지만 쇠뇌전이 지척에 이르던 순간 남양은 무인의 본능적 감각으로 자기 방어에 나섰다.

남양은 검을 뽑았고, 뽑는 순간 등 뒤로 검을 휘돌려 쳤다. 쇠뇌전이 검날과 충돌해 불꽃을 일으키며 튕겨 나갔다. 남양의 뇌리에 현실이 자각됐다. 자객은 바로 이곳에 있었다.

"감히! 암습을!"

일검을 발휘한 남양은 곧바로 뒤돌아섰다. 그리고 안력을 극도로 일으켜 적을 찾았다. 시야에 적은 보이지 않았다. 음성만 들려오고 있었다.

"착각하지 마."

음성 방향은 남양의 전면이 아닌 후방.

남양이 화들짝 놀라던 그 순간, 뒤편 땅속에서 흙무더기가 파편처럼 튀겨 올랐다. 그리고 남양이 미처 돌아서기도 전에 흙무더기 인영의 손에서 칼날이 번쩍였다.

퍼억!

남양의 동작이 중단됐다. 사고도 완전히 정지됐다.

흙무더기 인영이 말했다.

"추적은 당신이 한 게 아니라 내가 한 거야."

남양은 아무런 답을 하지 못했다. 그럴 수밖에 없었다. 남양의 잘린 얼굴은 이 순간 민둥산 아래로 데굴데굴 굴러가고 있었다.

단화진 저격 다섯 시진.

천이적이 머물고 있는 중앙객잔으로 조순이 되돌아왔다. 거의 반나절 만인데 객잔을 조용히 방문했던 이전과 다른 점이라면 이번엔 중무장한 무인들을 동원해 중앙객잔을 철저히 봉쇄하며 나타났다는 것이다.

"이봐, 당신! 대체 우리에게 무슨 작당을 친 거야?"

조순은 객잔에 들어서자마자 날이 바짝 선 얼굴로 천이적을 다그쳤다. 천이적에게 인사도 하지 않았고 자리에 앉지도 않았다. 동심맹의 실세로서 근엄한 풍모를 유지하던 평소의 모습과는 한참 달랐다.

"작당이라니요? 나는 동심맹을 두고 감히 장난을 칠 배짱이 없소이다."

천이적은 자리에 앉은 모습을 유지한 채 조순을 담담히 올려다봤다. 조순이 되돌아왔다는 것은 곧 자객이 청부에 성공했다는 뜻이다.

"작당이 아니면 무엇인가? 자객의 독자적 범행이란 말인가? 나를 속이고 동심맹을 가지고 놀 정도로 당신의 간덩이가 컸단 말인가?"

"나는 천기당주의 말이 무슨 뜻인지 모르겠소이다. 내게 설명을……."

쾅!

"천이적!"

조순이 탁자를 내리치며 천이적의 말을 끊었다. 살기 어린 침묵 속에서 조순은 인내를 거듭하는 모습을 보이며 말을 이었다.

"경고하는데 지금부터 내가 묻는 말에 똑바로 대답해. 내 앞에서 말로 장난을 치는 모습을 보이면 그 즉시 당신과 당신 수하들의 눈알을 빼고 혀를 자를 거야. 알겠어, 천이적?"

공갈이 아니다. 예의를 벗어던진 조순은 충분히 그렇게 하고도 남을 위인이다.

천이적은 낮은 신음을 흘리며 고개를 끄덕였다.

"각오는 이미 하고 있소이다. 그럼 하문하시오."

조순이 맞은편 탁자 자리에 앉아 본격적으로 물었다.

"자객의 이름은?"

"담사연."

"나이는?"

"올해 스물넷."

"가족은?"

"부모는 없고, 전신불수의 형만 하나 있소."

"사문은?"

"내가 알고 있기로는 없소."

조순이 눈빛을 번뜩였다.

"사문이 없다? 지금 나보고 그 말을 믿으라는 거야?"

천이적은 담담히 고개를 저었다.

"나는 묻는 말에 답을 할 뿐이오. 진의는 천기당주께서 판단하시구려."

조순이 잠깐 침묵했다가 다시 질의를 이었다.

"자객의 소속은?"

"없소."

"당신이 자객을 보냈다. 다시 묻는다. 자객의 소속은?"

"없소. 그는 풍월관의 임시 용병일 뿐이오."

"자객의 전적은?"

"없소. 이번이 첫 살행이오."

"무력 수준은?"

"무림인의 내력 수준으로 따져 보면 이급은 넘지만 일급은 되지 않소."

쾅!

조순이 다시금 탁자를 내리쳤다.

"당신, 지금 그걸 대답이라고 하는 거야! 사문도 없고, 소속도 없고, 전적도 없는 이류 살수가 청문 수련동으로 홀로 뛰어들어 청성군자를 척살한다? 하! 이거야말로 소가 웃을 일이로다!"

조순의 주장에 천이적은 다른 답변을 하지 않았다. 입장을 바꿔 그가 조순의 위치였대도 그렇게 반응할 수밖에 없었다.

"당신이 대답을 못하니, 내가 당신을 대신해서 이번 청부에 관한 진행 상황을 설명해 주지."

조순이 천이적을 노려보며 말을 이었다.

"자객의 소속은 풍월관이 아니라 사중천이야. 동심맹의 수장들을 제거하고자 사중천에서 극비리에 조련해 낸 특급 살수이지. 이번 청부를 앞두고 당신은 사중천과 비밀리에 접촉해 바로 그 살수를 투입했어. 막대한 거래 금액을 내걸고 말이지. 어때, 내 생각이 틀렸나?"

"조사해 보면 알겠지만 자객은 열 살 시절부터 월인촌에서 생활했소. 내가 모르는 사이에 사중천의 살수가 되었을 리 없소. 그리고 난, 사중천의 전신인 사파 무림 단체에 아내와 자식을 전부 잃었소. 그런 나에게 사중천과의 거래란 천부당만부당한 일이오."

천이적은 확인 가능한 사안으로 상대의 논리를 반박했다. 정보 계통에 종사했던 이들의 특성인데 조순 역시 단순히 추정만으로 자신의 논리를 주장하지 않았다. 그의 주장에는 증거가 뒤따랐다.

"이게 무엇인지 아는가?"

조순이 소매 안에서 콩알만 한 철탄을 꺼내 탁자에 올렸다.

"……."

천이적은 고개를 저었다. 철탄만으로 그것의 정체를 알 수는 없었다.

"그럼 이것은 무엇인지 아는가?"

조순이 이번엔 구부러진 단소 모양의 암기 뭉치를 꺼냈다.

"!"

그것을 본 천이적은 순간적으로 눈빛을 빛냈다. 암기의 정체를 이제 알게 된 것이다.

조순의 설명이 뒤따랐다.

"이건 자모총통이라는 대인 척살 격발 암기야. 장생웅이라는 희대의 장인이 이십 년 전에 만든 물건으로 바위도 관통할 정도로 격발의 위력이 강하지. 탄환에는 혈갈독이 내재되어 있어, 이것에 타격되면 일급은 즉사이고 절정고수라고 한들 빠른 치료를 하지 않으면 내장이 썩어들어 결국 삶을 마치게 되지."

천이적이 물었다.

"자모총의 위력은 나도 잘 알고 있소. 하나 그게 이번 사건과 무슨 상관이 있단 말이오?"

"단화진의 복부에서 그게 발견됐어. 자모총통은 천하에 오직 두 대뿐이야. 하나는 지금 내가 가지고 있고, 다른 하나는 사중천의 암살 단체 수장 구마존자가 소유하고 있지. 자, 이러고도 자객이 사중천의 살수가 아니라고 주장할 수 있나?"

단화진의 몸에서 나온 자모총통의 철탄.

조순의 주장에 설득력이 실린다. 천이적은 자모총통을 한동안 진중히 내려다보곤 조순에게 말했다.

"장생웅은 인생 말년에 신마교로 입교해 자모총통을 하나 더 만들었다는 것으로 알고 있소. 연유는 잘 모르지만 신강에서 용병 생활을 했던 자객이니, 그곳에서 그 물건을 취득했다고도 볼 수 있지 않겠소이까?"

현직에서 은퇴했지만 천이적의 정보력은 아직도 생생하다. 천이적은 그 정보력을 바탕으로 조순의 주장을 교묘히 비켜 나가고 있다.

조순이 눈살을 찌푸리며 다른 증거를 들이댔다.

"단화진의 수련동에서 망혼보의 흔적이 발견됐다. 당대 무림에서 망혼보의 마지막 습득자는 예전 중정당주 책임자였던 중정마협 천이적, 바로 당신이야. 사문이 없다던 자객이 어떻게 망혼보를 발휘할 수 있었을까? 자객은 바로 당신이 키워낸 제자야."

"으음."

제자란 말에 천이적은 무겁게 고개를 저었다.

"본인이 망혼보를 자객에게 준 것은 맞소. 하나 그것은 어디까지나 건네준 것일 뿐, 가르쳤다는 말은 이치에 맞지 않소. 난 평생을 노력해도 망혼보의 껍질조차 벗겨내지 못했소. 그런 내가 무슨 능력으로 감히 상승지경의 망혼보를 자객에게 가르칠 수가 있겠소."

천이적의 주장도 타당하다. 천이적이 망혼보를 일찍이 대성했다면 동심맹의 서열이 바뀌었을 것이다. 반박할 말을 찾지 못한 조순은 냉소를 날리며 자리에서 일어났다.

"흥! 그럼 자객이 무공의 천재란 말인가."

일어선 조순은 호위무인들에게 눈짓으로 무언가를 지시했다. 그러자 호위무인들이 천이적에게 몰려와 포승줄로 전신을 포박했다.

"처음부터 쉽게는 실토하지 않으리라 생각했어. 중정당으로 가면 당신은 처음부터 다시 조사받게 될 거야. 그곳에선 지금 같은 우호적인 분위기를 기대하지 마. 아! 물론 그곳 분위기는 당신이 누구보다 잘 알고 있겠지."

할 말을 마친 조순이 뒤돌아 객잔 입구로 향했다.

천이적이 그런 조순을 다시 불러 세웠다.

"각오는 하고 있소이다. 나 역시 조직의 섭리를 잘 알고 있는 몸이니, 설령 그곳에서 생을 마치게 된다고 하더라도 내 천기당주를 원망하지는 않겠소. 다만 먼 길 떠나기 전에 천기당주에게 충고의 한 말씀은 해주고 싶소. 들어주시겠소?"

조순이 뒤돌아 천이적을 마주보고 섰다.

"못 들을 것은 없지."

천이적이 말했다.

"본인도 이번 일이 이렇게 진행된 것을 무척 안타깝게 생각하고 있소. 하나, 무릇 조직의 일이란 공사가 분명해야 하는 법이오. 동심맹은 풍월관에 청부를 했고, 자객은 악조건 속에서 그 작업을 훌륭히 완수해 냈소. 청부가 정당했다면 거기엔 어떤 문제도 없소. 자객은 죄가 없으며 오히려 상을 주고 조직에서 크게 중용해 주어야 할 사람이오. 그럼에도 굳이 죗값을 따지려면 임무를 다한 자객이 아닌, 자객의 수준을 무림인의 능력으로만 판단하려고 한 자들, 단화진의 무력에 대해 지나친 확신을 한 자들, 얄팍한 간계로 이번 청부를 사전에 모의한 권력자들, 바로 그들을 먼저 처단해야 될 것이오."

칼날보다 더 예리하게 심장을 찌르는 말.

조순은 어떤 반박도 하지 못했다.

단화진 저격 열두 시진.

단화진이 저격된 지 만 하루가 지났다. 날은 조금 전에 밝았는데 담사연의 행방에 대해 여전히 소식이 없자 흑의인은 무척 초조한 안색으로 장흥객잔 주루를 서성댔다. 현장 관리자로서 일을 망쳤다고 이미 상부로부터 큰 질책을 받았다. 자객을 잡아가지 못한다면 그땐 문책이 아닌 목을 염려해야 할 처지가 될 것이다.

"우린 어리석은 짓거리를 하고 있어. 그렇지 않아, 사매?"

"뭐가요?"

"생각을 해봐. 지금쯤이면 자객도 자신이 무슨 일을 벌였는지 모르지 않을 거야. 그러면 미친놈이 아니고서야 우리 앞에 다시 나타나겠어? 내 생각에 놈은 지금 북방으로 발이 부러지도록 달아나고 있을 거야."

"하면 지금 우리에게 자객을 기다리는 것 외에 다른 방법이 있나요?"

초조한 흑의인과 다르게 소유진은 의외로 차분한 모습을 유지했다. 사태가 너무 커졌기에 체념하고 있는 것인지도 모른다.

"이봐, 사매. 그렇게 수동적으로 대처할 사안이 아니잖아. 지금 동심맹이 발칵 뒤집혔어. 가만히 손 놓고 있다가는 우리 목이 언제 잘릴지 모른다고."

동심맹의 사정은 소유진도 잘 알고 있다. 맹주를 비롯한 삼전 칠당의 수뇌들이 어젯밤 전부 뜬눈으로 밤을 보냈다. 날이 밝았으니 이제 맹주 직속의 감찰단이 강호로 나와 이 문제에 대해 공식적으로 조사를 시작할 것이다.

"그럼, 사형도 이참에 북방으로 달아나시든가."

소유진은 비꼬듯 중얼대며 시선을 객잔 창가로 돌렸다. 불만적인 흑의인의 음성이 계속 들려왔지만 무시했다. 이미 일은 벌어졌고 누군가는 책임을 져야 한다. 그 경우 그녀와 흑의인이 가장 우선적으로 대상자가 된다. 책임 소재를 따지자면 당연히 이번 청부의 주모자, 천기당주가 일순위이겠지만 맹 내의 서열로 볼 때 그 사람은 이 책임에서 원천적으로 제외이다.

'아직은 생을 포기할 때가 아냐.'

살아날 방법이 아주 없는 것은 아니다. 어젯밤 비밀리에 전해진 천기당주의 명처럼 자객을 잡아서 이 모든 죄를 사중천의 계획된 음모로 몰고 가면 된다. 아니, 어쩌면 정말로 그랬을 수도 있다. 무림인의 상식으로 볼 때 이번 청부의 결과는 도무지 납득이 되지 않는다.

'하지만 과연 그가 순순히 되돌아올까?'

핵심은 자객의 신변을 확보하는 것. 그러나 이 점에서는 그녀 역시도 회의적이다. 붙잡혀서 올지언정 자객이 자진해서 되돌아올 리가 없지 않겠는가.

"휴우."

착잡한 심정에 그녀는 시선을 멀리 난석교 방향으로 돌렸다. 고즈넉한 시골의 아침 풍경이지만 심란한 심정 때문인지 전혀 운치 있게 보이지 않았다.

"으응?"

그녀의 눈매가 문득 찌푸려졌다. 한 무리의 상인이 짐을 실은 나귀를 앞세워 난석교를 건너오고 있었다. 현재 이곳은 동심맹 무인들의 집중 감시 지역이다. 자객이 아닌 외인들은 백장 밖에서부터 출입이 통제된다. 담사연이 주루에 출현할 경우 잠복한 무인들이 주루의 전후좌우에서 순식간에 쏟아져 나올 것이다.

"안 그래도 심란한데, 대체 일을 어떻게 하고 있는 거야?"

흑의인도 창문을 통해 상인들의 모습을 지켜봤다. 상인들이 감시망을 어떻게 뚫고 들어왔는지는 모른다. 어쩌면 동심맹 무인들도 모르는 샛길로 들어왔을 수도 있다. 아무튼 그녀도 흑의인과 같은 심정. 그래서 수하들에게 상인들을 정리하라고 은밀히 지시했다. 그러는 사이에 난석교를 건너온 상인들이 장흥객잔에 다다랐다. 상인들은 객잔 입구 앞에서 서로 간에 짧은 인사를 하곤 헤어졌다. 남은 상인은 한 사람. 털모자를 깊숙이 눌러 쓴 나이 불명의 남자 상인이었다.

잠시 후 객잔의 문이 열리며 털모자 남자가 실내로 들어왔다.

"응?"

"아!"

남자가 객잔에 들어선 순간, 그녀는 물론이요, 손님으로 변장해 객잔 안에 들어와 있던 모든 무인이 초긴장된 상태에 돌입했다.

남자가 입구에 서서 털모자를 벗었다.

잠을 못 잔 퀭한 안색이지만 낯익은 얼굴, 담사연이었다.

"제가 좀 늦었지요? 추적을 당해 적석산을 돌아오느라고 그만 시간이 지체됐습니다."

담사연이 소유진의 앞으로 다가섰다.

그녀는 멈칫했고, 그녀 옆의 흑의인은 날선 눈으로 담사연을 견제했다.

"분위기가 안 좋은데 풍월관 식구들은 어디에 있습니까?"

담사연이 주루를 돌아보며 맹적과 맹표를 찾았다.

그녀는 그 물음을 무시하곤 긴장된 눈으로 담사연을 쳐다봤다.

"물건, 청부를 완수한 증거품은 가져왔나요?"

"물론입니다."

담사연이 허리 뒤의 바랑에서 인두 하나를 꺼내 탁자에 올렸다.

정파의 미래라고 불렸던 인물 치고는 참으로 허망한 모습.

인두를 내려다본 그녀가 이번엔 담사연을 묘한 눈길로 응시했다.

"오만인가, 오기인가? 그도 아니면 당신은 바보인가? 그것을 들고 어떻게 이곳에 나타날 생각을 했지?"

"……?"

분위기가 수상하자 담사연이 좁힌 눈매로 주루를 다시금

돌아봤다. 그 순간 손님으로 가장해 있던 주루의 무인들이 일제히 담사연에게 달려들었다. 주루뿐만 아니라 주방에서 뛰쳐나온 무인, 창문을 깨고 들어선 무인, 지붕을 무너뜨리며 주루에 내려온 무인, 그 모든 무인이 칼을 세워 들고 담사연에게 달려들었다.

담사연은 순식간에 칼날의 숲에 갇혔다. 저항을 할 수도 없고 도주의 길도 완전히 막혀 있다. 현 상황을 의문스러워하는 담사연에게 그녀의 날선 음성이 들려왔다.

"사중천의 자객, 담사연! 당신을 청성군자 단화진의 청부 살인범으로 체포한다!"

5장

자객의 길

　장흥객잔에서 체포된 담사연은 장안의 동심맹 총단으로
긴급 압송되어 고문 수사대로 악명 높은 중정당 십팔호실에
최종 투옥됐다. 중정당 지하 고문실은 동심맹에서 인간 소각
장으로 불리는 곳이다. 동심맹 무인들이 그곳 방향으로는 오
줌도 누지 않는다고 알려져 있다.

　"우리 중정당은 범죄자의 인권도 최대한으로 존중해 주는
자비로운 곳이다. 하니 조사 중에 불리한 답변이라고 생각이
들면 언제든지 묵비권을 행사해도 된다."

　십팔호실에서 담사연의 조사를 담당한 자는 중정당 수사

부실장 마중걸이었다.

마중걸은 담사연과 처음 대면한 자리에서 취조 입장을 간단히 밝힌 후에 곧장 담사연을 두들겨 패기 시작했다. 아무것도 묻지 않았고, 어떤 감정도 표출하지 않았다. 하루 내내 이어진 구타는 담사연의 신체를 떡으로 만들었는데 뼈가 부러지거나 피부가 찢어지는 그런 상처는 일절 없었다. 먹잇감을 어떤 식으로 다루어야 하는지 아주 잘 알고 있는 인간이라고 해야 했다.

다음 날 십팔호실 바닥에 뻗어 있는 담사연에게 마중걸이 말했다.

"벌써 이러면 곤란해. 우린 아직 시작도 안 했어."

둘째 날에는 폭행과 더불어 물고문이 병행됐다. 담사연은 천장에 거꾸로 매달려 몽둥이찜질을 당했고 그러다가 고통에 정신을 잃을 때면 물 담긴 항아리에 머리가 통째로 처박혔다. 고문 중에 질의 같은 것은 오늘도 없었다. 그냥 복날 보신탕 거리가 되는 개처럼 일방적으로 고문 행위를 당했다.

셋째 날 아침에 마중걸이 이렇게 말했다.

"뜨거운 거 좋아해? 기대해도 좋아. 화끈한 경험이 될 거야."

말 이후, 마중걸은 전신이 피멍으로 물든 담사연을 한 평 공간의 온돌방에 가두었다. 그리고 하루 온종일 불을 일구어 담사연의 몸을 인간 수육으로 만들어 버렸다. 물은 한 모금도 주지 않았다.

나흘째 되던 날 담사연은 십팔호실 벽면에 열십자로 매달렸다. 그리고 비로소 마중걸이 담사연을 마주 보고 서서 질의를 시작했다.

"어차피 결론이 나와 있는 사건이다. 피차에 피곤하게 하지 말고 빨리 끝내자."

"……."

"이름?"

"……."

"나이?"

"……."

"고향?"

"……."

담사연의 무응답에 마중걸은 조소의 표정을 비쳤다. 마중걸의 입장에서 보면 간혹 이렇게 독한 놈들이 중정당에 들어오긴 하는데 결과는 매한가지다. 사나흘만 더 뺑뺑이를 돌리면 제아무리 독한 놈이라도 순한 양처럼 고분고분해진다.

"우린 아직 대화를 할 준비가 안 된 것 같군. 그럼 다시 즐겨보자고."

마중걸이 물에 젖은 몽둥이를 들고 앞으로 나섰다.

바로 그때 담사연이 고개를 살짝 들어 십팔호실 구석에 걸려 있는 철퇴를 눈짓했다.

"그걸로 되겠어? 이왕이면 좀 더 센 걸로 하지."

"……."

고문 수사가 시작된 후로 마중걸의 인상이 처음으로 구겨졌다. 눈앞의 이놈은 만만한 먹잇감이 결코 아니다. 고문 전문가로서 그런 판단이 직감적으로 들고 있다.

＊　　　＊　　　＊

자객이 총단으로 압송되던 날, 천기당주 조순도 동심맹으로 복귀했다.

복귀 첫날부터 단화진의 저격 사안을 두고 동심맹 고위급 회담이 열렸는데, 이 자리에서 그는 이번 청부가 사중천의 사주라며 강도 높게 사파 무림 응징론을 주창했다.

동심맹에서 조순의 서열은 맹주와 태상호법 다음으로 높았다. 청성당 사건에 임한 그의 이런 선제적 강공 조치에 동심맹의 고위 인사들은 다른 문제점을 제기하지 못하고 사중천 응징론에 힘을 실었다.

그러나 맹 내의 그런 흐름과 다르게 동심맹 밖의 정파 분위기는 날을 더할수록 내부 비판에 각을 세웠다. 특히 단화진의 사부 청성당주 일엽은 청성검대를 이끌고 강호로 직접 나와 이 사건의 문제점에 대해 처음부터 재조사하겠다며 범인의 인도를 강하게 요구했다. 단화진의 가문인 단가장원에서도 일엽의 그런 주장에 동의하며 저격 사건을 공개적으로 처리해 줄 것을 동심맹에 요청했다.

동심맹은 정파 연합 단체이지 어느 한 문파의 소유가 아니다. 여론이 그렇게 조성되자 조순은 자신의 집무실로 칩거에 들어가 몇 날 동안 대응 수단을 강구했다.

오늘로 조순의 칩거 육 일.

조순은 밤늦은 시간에 소유진을 집무실로 불러들여 자객 처리의 진행 상황을 물었다.

"자객이 자백을 했느냐?"

"그게 저⋯⋯."

소유진이 답변을 망설였다. 천기당주가 원하는 대답이 아닌 것이다.

"너와 나 사이에 무슨 꺼림이 있겠느냐. 괜찮으니 편히 말해라."

천기당의 직속 수하이기 이전에 소유진은 조순의 제자와도 같다. 동심맹을 떠나서 만나면 소유진은 조순을 꺼림 없이 스승님이라고 부른다.

"중정당의 보고에 의하면 자객은 아직껏 자신의 신변에 대해 한마디도 답하지 않았다고 합니다. 마중걸은 그런 자객을 두고 자신의 고문 인생에서 만난 최고의 독종이라며 혀를 내두르고 있습니다."

"흐음."

자백은커녕 변명도 하지 않는 자객.

조순은 자객 생각에 불편한 숨결을 흘려냈다. 자객이 일으킨 사건 때문에 그가 구상했던 미래의 무림 구도가 근본적으로 뒤틀렸다. 문제는 그뿐만이 아니다. 자객을 체포했음에도 사건 처리의 실마리가 보이지 않았다. 오히려 시간이 갈수록 더 꼬여 가고 있었다.

"마중걸이 인육관으로는 해결이 안 되니 생육관을 해도 되느냐고 물어왔습니다. 어찌할까요?"

인육관은 생명에 지장이 없는 선에서 벌이는 고문 방식이고 생육관은 말 그대로 대상자의 살을 찢고 뼈를 으깨는 극한의 고문을 뜻한다. 효과는 생육관이 단연 앞서지만 고문 대상자의 생명을 담보하지 못한다는 단점 때문에 함부로 실행하지는 못한다.

"아직은 안 돼. 자백을 받지 못하더라도 자객의 쓰임은 충분해. 당분간 자객의 산목숨이 필요해."

자객의 자백이 반드시 필요한 것은 아니다. 자백 없이도 얼마든지 죄를 물을 수 있는 것이 무림의 일 처리다.

"알겠습니다. 당주님의 뜻을 중정당에 전하겠습니다. 한데……."

보고 중에 소유진이 무언가를 망설이는 눈치를 보였다.

조순은 가벼운 얼굴로 고개를 끄덕였다.

"편하게 하라니까. 그래, 뭐지?"

"네. 자객의 전적을 조사하던 중에 주목해야 할 사안이 있었습니다. 자객이 최근 삼 년 동안 신강대전에 용병으로 참여했다는 것입니다."

"그건 나도 알아. 일차 조사에서 밝혀진 사안이야."

"문제는 자객이 신강의 전장에서 후방 부대 용병이 아닌, 최전방 척후조로 지난 삼 년 동안 활동했다는 겁니다."

"으응? 용병 출신인데 후방이 아닌 전방 척후조였다고?"

척후조는 본진의 공격에 앞서 적진으로 침투해 수색 및 저격 활동을 하는 무인들을 가리킨다. 속된 말로 전장의 칼받이라고 보면 된다.

조순은 사안의 문제점을 알고 바로 되물었다.

"삼 년 기간이 전부 척후조란 거야?"

"네. 용병으로 입대 당시 교육 받은 두 달 기간을 빼고는 전부 척후조로 활동했습니다."

"특이한 경우이군. 신강에서 척후조로 그렇게 오래 살아남은 무인이 또 있나?"

"제가 알기론 자객이 유일합니다. 탈영병 빼고는 일 년도 그렇게 버틴 척후조 대원이 없습니다."

조순은 자객의 능력을 잠시 되짚어봤다. 확실히 특이한 점이 많은 자객이다. 자객의 무력 수준은 천이적의 주장처럼 일급에 못 미치는 수준이 맞았다. 일차 조사 과정에서 단전의 내력 측정을 해보니 검기상인에 이를 정도로 내기가 축적되지 못했다. 한데도 자객은 그 정도의 내력 수준으로 망혼보를 무리 없이 발휘했고 나아가서는 단화진 척살에 성공했다. 어쩌면 이번 사건을 기점으로 무림인의 능력치를 판단함에 새로운 기준이 제시될 수도 있었다. 단순히 내력의 고하만으로 무림인의 능력을 판단하는 것은 무리가 있었다.

"조사한 내용 중에 다른 것은 없느냐?"

"나머지는 자객의 신변에 관한 것이라 아직 밝혀진 것이 없습니다. 참, 자객은 신강에서 야랑이란 애칭으로 불렸다고 합니다."

"야랑(夜郞), 밤의 사나이라……. 하! 누가 지었는지 몰라도 딱 들어맞는군."

조순의 짧은 감탄을 끝으로 자객에 관한 소유진의 보고 과정이 끝났다.

조순은 소유진을 데리고 집무실에서 나와 후원으로 향했다.

구름 없는 밤.

밤하늘은 달빛과 별빛으로 찬란히 빛나고 있다.

조순은 한동안 야공의 달을 올려다보며 깊은 생각에 잠겼다.

"유진아, 너는 어떻게 생각하느냐?"

조순이 생각 중에 문득 소유진에게 물었다.

"무엇을 말입니까?"

"자객과 사중천의 관련."

"제 생각을 솔직히 말씀드려도 되겠습니까?"

"물론이지."

"자객은 사중천과 아무런 관련이 없습니다. 백 번 양보해서 자객이 사중천의 살수였다면 자진해서 우리에게 붙잡히지 않았을 겁니다."

"흐음."

조순이 달을 보던 시선을 소유진에게 돌렸다.

그녀가 급히 머리를 숙였다.

"심기가 편치 않으셨다면 죄송합니다."

"죄송은 무슨. 실은 나도 이미 그렇게 판단하고 있었는데."

조순이 말끝에 미소를 비치었다. 간만에 보이는 여유로움이다.

"자객이 사용한 자모총통은 사중천의 것이 아니다. 은밀히 확인해 보니 사중천의 자모총통은 여전히 구마존자가 소유하고 있더구나."

"하면?"

"이번 일은 내 선에서도 쉽게 무마가 안 되는 사건이니 도리가 없지 않겠느냐. 정파에는 나를 견제하는 잠재적 적이 제법 된다. 단화진을 저격한 자객이 사중천에서 보낸 살수가 아니란 것을 알게 된다면 그놈들은 맹주의 처소로 벌 떼처럼 달려가 나를 탄핵할 거다."

조순의 말뜻을 소유진은 어렵지 않게 알아들었다.

조순 스스로 이번 사건을 함부로 정리하지 못한다고 인정했는데 그럴 수밖에 없다. 단가의 막강한 무림 배경은 둘째 치고, 단화진은 동심맹의 맹주인 매불립의 외손자다. 조순이 아무리 동심맹의 실권자라고 해도 그런 맹주의 입장을 무시하면서까지 사건을 멋대로 처리할 수는 없는 노릇이다.

"한데 말이다, 지금은 생각이 조금 바뀌었다."

반전을 뜻하는 말이 조순의 입에서 나왔다. 생각이 바뀌었다는 것은 곧 향후의 일 처리가 근본적으로 바뀐다는 것을 의미한다.

"무슨?"

"후후."

조순은 의미심장한 눈빛을 소유진에게 던지곤 후원 밖으로 걸어 나갔다. 후원과 동심맹의 맹주 처소는 그다지 멀지 않는 거리로 이어져 있다. 조순은 맹주 처소의 지척에서 걸음을 멈추곤 다시 소유진을 돌아봤다.

"유진아, 조만간 네가 자객을 다시 한 번 만나봐야겠다."

"연유를 물어봐도 되겠습니까?"

"아직은 말해줄 수 없다. 맹주와 단판을 지은 다음 그때 말해주마."

"네."

"일이 잘 풀리면 그땐 너도 살고, 석이도 살고, 자객도 다시 살 수 있을 거다."

"아! 정말요?"

그녀가 반색한 얼굴로 되물었다. 스승 앞에서는 여간해서 감정 표출을 하지 않던 소유진이다. 이런 그녀를 조순이 멀뚱히 쳐다봤다.

"너무 좋아하는구나? 그렇게도 네 신변이 걱정되었느냐?"

그녀는 대답 없이 고개를 다시 숙였다.

"작전을 하나 망쳤다고 해서 아무렴 내가 제자들을 죽일까. 헛헛, 이제 보니 난 제자들에게 참으로 악독한 사부였던 모양이구나."

조순이 껄껄 웃으며 맹주 처소로 걸어갔다.

조순의 모습이 시야에서 사라지고 난 후 소유진이 고개를 들어 안도의 숨을 흘려냈다.

악독한 스승이 아닐 수도 있다.

스승에게 남모르는 제자 사랑이 있을지도 모른다.

확실한 건, 목적을 위해서라면 제자의 삶 따위는 신경 쓰지 않는 냉정한 사부라는 것이다.

동심맹 창설 당시 조순에겐 전부 열두 명의 제자가 있었다.

그중 현재까지 생존한 제자는 오직 둘.

그나마 그녀 외에 살아남았던 남자 제자는 이번 사건의 책임을 물어 조순이 어디론가 떠나보냈다. 사라진 제자들이 그랬듯 그녀가 그 제자를 강호에서 다시 만날 일은 이제 없을 것이다.

*   *   *

중정당 투옥 십삼 일.

담사연은 중정당 십팔호실의 지하 감옥에 갇혀 있었다. 육체 고문은 열흘째 되던 날에 갑작스럽게 중단됐다. 고문이 중단된 이유는 모른다. 알고 싶지도 않았다. 이 시점에서 그를 의문스럽게 하고 또 분노케 하는 사실은 하나뿐이었다. 동심맹은 청부를 했고 그는 그 청부를 완수했다. 거기에 대체 무슨 잘못이 있다고 이런 대접을 받는단 말인가.

아군을 속이는 음모, 공로보다 앞서는 사익, 초보 자객의 행위조차 이용해 먹는 무림 권력. 이게 무림의 참모습이라면 무림의 세계는 신강의 전쟁터보다 훨씬 못했다. 하루하루가 지옥이긴 해도 적어도 그곳에서는 동료의 목숨을 담보로 비열한 역작업은 펼치지 않았다.

고문 중에 그는 한마디도 답하지 않았다. 억울함을 호소하지도 않았다. 고문의 수준이 약한 때문은 아니었다. 무림 권력은 그의 삶을 농락한 적이었다. 비참한 결과를 맞이하게 될지라도 그런 비열한 적과는 어떤 타협도 하면 안 되었다. 타협하는 순간 더 나락으로 굴러 떨어질 뿐이다. 그리고 진행되는 상황으로 볼 때 자백을 하든 안 하든 어차피 동심맹은 그를 죽여서 입을 막고자 할 것이었다.

'미안해, 형. 마지막 인사도 못하고 이렇게 떠나게 되네.'

죽는다는 것에 두려움은 없었다. 신강에서 이미 무수한 죽음을 보았다. 그 역시 그땐 죽음의 그림자를 달고 하루하루를 살았다. 아쉬운 점이 그나마 있다면 불쌍한 형을 이젠 그가 더 이상 돌봐줄 수 없다는 것이었다.

그는 지하 감방의 어둠 속에서 생의 마지막을 준비했다. 형과의 이별과 더불어 그의 인생에서 몇 되지 않는 지인들과도 헤어짐의 인사를 하였다.

그렇게 중정당 투옥 십삼 일이 지나 십사 일째가 되었다. 오늘도 아무 일이 벌어지지 않았다. 취조도 없고 고문 수사관 마중걸도 모습을 보이지 않았다. 그리고 보름이 되던 다음 날 아침, 낯익은 여인이 그가 갇힌 지하 감옥을 찾아왔다.

"어때요, 지낼 만해요? 불편하신 점은 없으세요?"

청성당 청부 작업을 일선에서 진행했던 여인, 소유진이었다.

"……."

그는 말없이 소유진을 노려봤다. 그를 지옥으로 몰아넣은 장본인 중 하나이다.

"사람이 왜 그래요? 억울하면 화를 내고, 아프면 아프다고 표현하고, 살고프면 살려달라고 소리치면서 그렇게 인간 같은 모습을 보이며 살아가면 좀 안 돼요?"

"하! 이거야 원!"

상대하지 않으려고 했지만 그는 주객이 전도된 그녀의 말에 그만 어이없는 심정을 표현했다.

그의 이런 반응에 소유진이 생글 웃었다.

"공식적으론 그게 당신의 첫 반응이에요. 마중걸이 보름 동안 못한 것을 난 한 번만에 해냈네요."

말과 함께 소유진이 쇠창살 안으로 성큼 들어왔다.

담사연은 그녀의 의도를 몰라 눈매를 찌푸렸다.

무슨 뜻인가?

감방에는 호위무사가 없다.

그만큼 무력에 자신이 있다는 뜻인가?

"오만인가, 오기인가. 그도 아니면 바보인가? 어떻게 내 눈 앞으로 다가설 생각을 하지?"

그는 체포될 당시 그녀가 했던 말을 빗대어 지금의 상황을 경고했다.

"그래서요, 당신이 원하는 게 뭐죠? 저의 목숨인가요?"

감방에 들어선 소유진은 대담하게도 그의 눈앞으로 얼굴을 바짝 들이댔다. 여인의 향취가 물씬 풍겨온다.

"당신이 나를 죽인다고 한들 달라지는 것은 아무것도 없어요. 당신은 여전히 단화진을 암살한 자객이며, 죽을 날을 기다리는 사형수의 신세일 뿐이에요."

그녀의 말이 틀리지 않았다. 고분고분 죽어줄 상대도 아니지만 지금 그녀를 죽인다고 해봐야 그건 화풀이 행위만 될 뿐이다.

소유진이 그의 등 뒤에 자리했다. 그리고 그곳에서 땀과 피에 절은 그의 옷을 하나씩 벗겨내며 말을 이었다.

"나 역시 보잘것없는 존재인 것은 마찬가지예요. 난 조직의 명을 받고 당신을 현장까지 인도했을 뿐이에요. 덧붙이자면 당신의 칼에 정혼자를 잃어버린 가련한 여인이지요."

그는 고개를 뒤로 돌려 그녀를 쳐다봤다. 난데없이 그의 옷을 벗기는 이유를 묻는 것만은 아니다. 정혼자라는 그 말뜻을 묻는 것이다.

"아! 그렇다고 당신이 내게 미안해할 필요는 없어요. 말만 정혼자이지, 그 사람과 난 한 번도 개인적인 자리를 가진 적이 없어요. 게다가 그 사람은 청성파 제자 신분임에도 불구하고 이미 사가에 부인을 셋씩이나 두었죠. 군자란 별호답지 않은 이중적인 생활이죠."

그녀의 말로 미루어 보건대 그녀는 죽은 단화진의 정혼자이다. 그런 관계까지 이용해 먹는 무림 권력에 그는 다시금 적의를 품지 않을 수 없었다.

"그래도 강호에 제법 이름이 알려진 무림 여성인데 그런 내게 네 번째 후처 자리는 너무 끔찍해요. 조직으로서는 안 된 일이지만 내 입장에서 보면 차라리 잘되었죠. 안 그런가요?"

말을 마치며 그녀가 눈을 진득하게 깜박였다. 그는 다시 고개를 전방으로 돌렸다. 동시에 옷을 벗기는 그녀의 행위가 좀더 과감해졌다. 상처투성이 상반신이 드러났다. 그의 몸엔 고문의 흔적 못지않게 지난 세월 전장에서 보낸 상처의 흔적도 고스란히 남아 있었다.

"당신은 참 이상한 사람이에요."

"뭐가?"

"어떻게 그곳에 돌아올 생각을 했죠? 청부 대상자가 청성군자란 것을 정말 몰랐나요?"

"일이 끝난 다음에는 알았지. 허나 그때 내 입장에서 그게 왜 문제가 된다고 생각해야 하지?"

그는 되물었다. 그녀는 답을 하지 않았다. 대신 준비해 온 물수건을 들고 그의 상반신을 정성스럽게 닦기 시작했다. 한동안 씻지 못하고 고문만 받은 몸이다. 물수건은 금방 걸레가 되었고, 그녀는 깨끗한 물수건으로 다시 교체하여 그의 몸을 닦았다.

"아군의 칼은 적의 칼날보다 더 가깝게 있다. 주변에 있는 사람을 항상 조심하라는 무림의 명언이죠. 앞으로 무림인으로 살아가려면 당신은 이 점을 항상 염두에 두어야 할 거예요."

충고의 말을 끝으로 그의 몸을 닦는 그녀의 행위가 중단됐다. 그녀는 그의 눈앞으로 돌아 나와 물수건 서너 개를 바닥에 내려놓았다.

그는 눈빛으로 의도를 물었고, 그녀는 생글 웃으며 답했다.

"설마 날 보고 하체도 닦아달라는 것은 아니겠지요? 뭐, 당신이 원한다면 해줄 수도 있어요."

"……."

"몸을 닦고 나면 밖으로 나오세요. 난 지저분한 남자와는 진지한 대화를 하지 않아요."

그는 말없이 물수건을 손에 들었다. 그 모습을 본 그녀는 감방 앞에 깨끗한 청의를 내려놓고 밖으로 나갔다.

담사연은 청의로 갈아입고 감방을 나왔다. 소유진은 찻주전자가 놓여 있는 십팔호실 중앙 탁자 자리에 앉아 있었다. 그는 그녀의 맞은편 자리에 앉으며 물었다.

"그래, 진지한 대화란 게 뭐지?"

그녀는 눈을 흘기며 찻잔에 차를 따랐다.

"운치도 없어. 여인의 손으로 벗은 몸까지 닦아주었는데 고맙다는 말도 할 줄 몰라요?"

그녀가 찻잔을 내밀었다. 그는 눈길만 줄 뿐 그것에 반응하지 않았다.

"독 같은 것은 없으니 염려 말고 드세요. 그냥 심신을 편하게 해주는 용정차예요."

어차피 사형수인데 독살 같은 것은 하지 않을 것이다.

그는 찻잔을 손에 들었다.

"참, 그거 아세요?"

"뭘?"

"우리 두 사람 입장이 바뀌었다는 거."

"……?"

"전엔 내가 하대를 하고 당신이 존대를 했지요. 한데 이젠 당신이 내게 하대를 하고 난 존대를 하네요."

그러고 보니 그녀의 말이 맞다. 얼마 전까지만 해도 그는 그녀를 대함에 상당히 공손한 모습을 보였다.

"뭐, 싫진 않아요. 오히려 더 편해진 것 같아요. 난 앞으로도 당신이 나를 계속 그렇게 상대해 주길 원해요."

담사연은 차를 마시다 말고 그녀를 힐끗 쳐다봤다. '앞으로도 계속'이라고 말했다. 해석하기에 따라 의미가 다르게 들리는 말이다.

"그건 무슨 뜻이지? 어렵게 돌리지 말고 쉽게 말해."

"말 그대로예요. 당신에게 새 삶을 살 기회가 있다는 뜻이에요."

그는 찻잔을 탁자에 내려놓았다.

"장난을 칠 생각은 하지 마. 아무리 무림 초짜라도 두 번은 당하지 않아."

"당연히 장난이 아니죠. 이번엔 진짜예요. 내 목을 여기에 걸죠. 목이 싫으면 내 몸이라도 기꺼이 걸죠."

상황이 아무리 절박해도 쉽게 믿어서는 안 된다. 동심맹은 이미 그의 인생을 멋대로 농락했다. 자칫하면 또 다른 수렁에 빠질 수도 있다.

"일단 들어나 보지. 그 기회란 게 뭐지?"

"사망탑에 들어가세요."

"사망탑?"

"동심맹의 비밀 살수 단체죠. 연맹 규약에 의하면 사망탑에 들어가는 정파 무인은 어떤 죄도 사면을 받아요. 정확히는 사망한 상태로 법적 처리되죠."

"그곳에 들어가면?"

"자객 수업을 받게 될 거예요. 그런 후에 강호로 나가서 우리가 지시하는 청부만 성공해 주시면 돼요. 그 후론 자유죠. 완벽한 자유."

담사연은 조용히 일어나 감방으로 되돌아 걸어갔다.

동심맹 살수 조직의 청부 작업.

이건 그의 입장에서 또 다른 수렁일 뿐이다.

등 뒤에서 그녀의 음성이 들려왔다.

"당신에겐 선택의 권리가 없어요. 무조건 수락해야 해요."

그는 감옥 안으로 들어가 원래의 자리에 앉았다.

"돌아가. 농락은 한 번으로 족해. 다시는 찾아오지 마."

소유진이 감옥 앞으로 다가왔다. 그는 등을 돌려 벽면을 쳐다봤다.

"아뇨. 다시 올 거예요. 아마 그땐 당신도 기꺼이 수락하게 될 거예요."

음성 이후로 그녀의 체취가 사라졌다.

그는 눈을 감았다. 선택의 권리가 없다는 그녀의 말은 틀렸다. 적어도 죽음을 향한 선택의 권리는 그에게도 있었다.

＊　　　＊　　　＊

소유진이 담사연을 접견하던 그날, 천기당주 조순은 그곳에서 삼천 리 넘게 떨어진 호북성의 의창 강변에 나와 있었다.

날씨가 좋았다. 하늘은 청명하게 맑았고, 강바람은 시원하기 그지없었다. 좋은 날씨를 맞이해 강둑에는 많은 사람이 나와 있었다. 그중에는 강변에 낚싯대를 드리우고 한가하게 시간을 보내는 이들도 제법 되었다.

그 낚시꾼 중의 한 사람, 왼쪽 다리가 잘린 것으로 보이는 장년의 남자 옆으로 조순이 걸어갔다.

조순이 옆자리에 서게 되자 장년인은 묘한 눈길로 잠시 돌아보고는 다시 강변으로 시선을 던졌다.

조순이 물었다.

"입질이 좀 옵니까?"

"노부는 원체 복이 없어 인어도 피해 다니지."

"복은 없을지라도 손기술이 대단하지 않습니까? 인어 정도는 충분히 잡을 수 있으리라 보입니다."

"하! 재수 없는 소리로다. 오던 인어도 도망가겠어."

장년인이 툴툴대며 낚싯대를 거두었다. 그리고 조순을 다시 돌아보며 물었다.

"천기당주 같은 지체 높으신 양반이 이 촌구석에는 웬일이신가? 할 일이 많을 텐데 낚시를 하고자 오진 않았을 것 아닌가."

장년인이 조순의 정체를 알고 있듯 조순 또한 장년인이 누군지 모르지 않았다.

"당연히 의창의 영웅이신 호적선 대협을 만나러 왔지요."

"날 영웅이라거나 대협이라고 부르지 마시게. 그런 말은 이 늙은 몸의 하찮은 명예를 위해 저승으로 먼저 간 무림 용사들을 부끄럽게 하는 말이네."

장년인은 호북 무림에서 명성을 떨친 맹룡출사 호적선이다. 호적선은 일찍부터 의협심이 남달라 천하를 돌아다니며 마를 척결하는 협행을 하였고, 나이가 들어서는 신강의 전장으로 솔선해서 들어가 중무련 삼대총사로서 신마교의 무리와 맞싸워 승리를 일궈냈다.

"자, 뜸들이지 말고 본론을 이야기하시구려. 참고로 말하는데, 노부는 이제 무인으로 쓸모가 없는 병신이니 동심맹에 들어오란 말은 감히 하지 마시게."

당연히 아니다. 조순에게 호적선이란 존재는 흘러간 물에 지나지 않는다.

조순은 호적선을 만나고자 의창에 온 이유를 말했다.

"야랑을 아십니까?"

"누구?"

"야랑 담사연. 신강에서 오랫동안 최전방 척후조로 활동했다고 하더군요."

"흐음."

호적선이 깊은 숨결을 흘리며 시선을 강변으로 던졌다. 반응이 예사롭지 않았다.

"알고 있지. 아주 잘 알고 있지. 한데 그 사람에 대해선 왜 물어보는가? 동심맹의 일과 관련이 있는가?"

단화진의 저격 사안에 대해서 알려줄 이유가 없다. 조순은 대답 없이 호적선을 가만히 주시하기만 했다.

호적선은 시선을 강변에 둔 채 무거운 어조로 말을 이었다.

"신강대전에서 그렇게 많은 협사가 희생된 것도, 신강대전이 그렇게 오래 지속되었던 것도 전부 중원 무림인들의 이기적 대처 때문이었지. 그렇지 않은가?"

조순은 고개를 살짝 끄덕였다. 이기적 대처라는 뜻에 일단 동의를 하는 것이다. 신강대전이 발발했을 당시 중원 무림은 중무련을 구성해 외적과 맞섰지만 그 속내를 보면 문제점이 상당히 많았다. 정파와 사파는 무림의 권력 구도에 영향을 끼칠까 염려하여 명성을 떨치는 일급 무인들을 신강으로 보내지 않았다. 협행을 늘 주장했던 정통 구파에서도 제대로 나서지 않았다. 때문에 신강으로 가는 무림인은 범죄자로 낙인 찍혀 오갈 곳 없는 무인, 돈으로 거래된 무인, 무림 문파에서 도태된 제자 등 이급의 무인이 대부분이었다. 만약 중원 무림인들이 처음부터 본진을 구성해 신강으로 출전했다면 신강대전이 그렇게 산 자의 무덤이 될 정도로 오래 지속되었을 리가 없었다.

"중원 무림인은 그 점에서 통렬히 반성해야 되네. 외적을 맞서는 데 정, 사파의 구분이 어디에 있으며 협행에 나서거늘 지역과 거리가 무슨 문제가 되겠는가."

지난 전장에 대해 설명을 듣고자 오진 않았다. 조순이 은근히 지루한 표정을 비쳤다. 그때 호적선의 이어진 음성이 조순의 지루해지는 심정을 떨쳐 주었다.

"야랑은 바로 중원 무림인들이 내다 버린 그곳 전장의 영웅이라네. 불사신 같은 존재이며, 불가능을 일약 가능으로 만들어 버리는 불굴의 전사였지."

과도한 칭찬이다. 조순은 눈매를 찌푸리며 물었다.

"그렇게 강한 존재가 중원 무림에는 왜 알려지지 않았습니까?"

"무림인의 시각으로 평가하지 마시게. 무림인의 능력치로 보면 야랑은 검기도 발출하지 못하는 이급 무인에 지나지 않음이네. 처음엔 나 또한 그래서 야랑을 많이 무시했지. 물론 나중엔 그의 모든 것을 인정하고 좋아하게 되었지만."

호적선은 단순히 말로만 야랑을 칭찬하는 것이 아니었다. 그의 얼굴에는 야랑을 존중하는 진심이 진하게 드리워져 있었다.

"천기당주는 신강대전이 어떻게 종식되었는지 아시는가?"

"용마골 전투에서 아군이 총공격을 감행하여 대승을 이루었다고 알고 있습니다."

"크게 보면 그렇지. 허나 그렇게 총공격을 하게 된 근본적인 이유가 있었지."

"이유?"

"당시 전장에서 우리 중무련을 가장 두렵게 했던 대상은 신마교의 교주인 초위강이 아니라, 그 호위무장이었던 호교법왕 광마 측건평이었네. 전장에 나서면 광마는 그야말로 초인적인 무력을 발휘했지. 단언하건대 중원 무림에서도 광마를 상대할 무인은 스무 명이 넘지 않을 것이네. 그 광마를 바로 야랑이 저격 척살했기에 우리는 총공격이 가능했던 것이네."

광마 측건평은 사파 최강 시중심마의 일원으로 중원 무림에서 크게 악명을 날렸던 인물이다. 신강대전에서 사망했다고 알려졌는데 아직까지 그가 어떻게 죽었는지 공식적으로 밝혀진 것은 없었다.

"야랑이 어떻게 광마를 죽일 수 있었지요?"

"광마가 애용하는 측간 바닥에서 무려 이틀 동안이나 똥물을 뒤집어쓰고 잠복했지. 기가 막히는 일이지. 광마가 그렇게 측간에서 꼬치가 되어 죽게 되리라고 누가 상상이나 했겠는가."

광마가 저격 척살되는 장면이 뇌리에 그려진다. 조순은 놀라운 한편, 허망해지는 미소를 머금었다.

"자, 야랑에 관한 설명은 여기까지네. 야랑의 놀라운 전적에 대해 더 하고픈 말은 많지만 내 천기당주의 진의를 모르기에 더는 말해줄 수 없네."

조순이 정중히 포권했다.

"만족할 만큼 충분히 들었습니다. 호 대협의 고언에 감사를 드립니다."

호적선이 눈인사로 포권에 답하며 마지막 말을 이었다.

"무슨 일로 야랑을 조사하는지는 모르겠지만 내 정파 원로의 한 사람으로서 충고의 말을 전하고 싶네."

"편히 말씀하십시오."

"야랑을 적으로 삼지 말게. 그는 준비된 자객, 예정된 천하 제일의 살수이네. 야랑이 표적으로 삼는 순간 그 대상자는 하루하루를 죽음의 공포 속에서 살아가게 될 것이네."

말을 끝낸 호적선은 고개를 돌려 낚싯대를 강물로 길게 던졌다.

조순도 뒤돌아 걸어갔다. 걸어갈 때 그의 얼굴에선 만족의 미소가 드리웠다.

"준비된 자객이라……. 괜찮군. 아주 마음에 들어."

*   *   *

중정당 투옥 십육 일.

소유진은 다음 날이 되자 담사연의 감방에 태연히 모습을 드러냈다. 전날과 다른 점은 이번엔 일단 담사연을 데리고 중정당의 다른 감옥을 돌아다닌다는 것이다.

"중정당은 동심맹의 전신이라 할 수 있는 예전의 정파연합 정무련에서 만든 감찰 정보대죠. 창설 당시엔 사파 무림의 감찰과 정보 수사를 총체적으로 다루었는데 동심맹으로 바뀐 후에는 천기당에 감찰 정보 업무를 넘기고 이젠 주로 일급 범죄를 담당하는 수사대의 역할만 하고 있죠. 참, 중정당을 만든 인물은 당신도 잘 알고 있는 분이에요. 혹시 누군지 알아요?"

그녀의 물음에 담사연은 고개를 저었다. 정파 단체의 역사를 그가 알 수도 없고 관심도 없었다.

"중정마협 천이적. 당신과 월인촌에서 연을 맺었던 풍월관의 관주이죠."

"……!"

담사연은 걸음을 멈추었다. 관심을 끊고자 했는데 이건 좀 다르다. 천이적이 한때 이름을 날린 무림인이라고 짐작을 했지만 그럼에도 정파 정보 단체의 최고 수장이었다니 의외가 아닐 수 없다.

"후후, 관을 열어보기 전에는 확신을 하지 말라. 이것도 무림의 철칙 중 하나죠. 역시 외워두세요."

그녀가 생글 웃으며 앞으로 나섰다.

중정당을 돌아다니는 그녀의 걸음은 어느덧 건물의 지하로 향했다. 담사연이 고문을 받았던 십팔호실도 바로 그곳 지하에 있었다.

"여긴 중죄인을 취조하는 중정당 특호실이에요. 십육호실, 십칠호실, 십팔호실 이렇게 구성되어 있지요."

특호실의 분위기에 대해서는 굳이 그녀가 설명하지 않아도 되었다. 지하로 내려가는 순간, 어디선가 고통에 겨운 음성이 들려오고 있었다.

으으으으! 아아아악!

비명이 들려오는 십육호실 앞에서 그녀가 걸음을 멈추었다.

"고문 받아본 당사자로서 고문 받는 자의 모습이 어떠한지 보고 싶지 않으세요?"

그의 대답과 상관없이 그녀가 십육호실의 문을 열었다. 들어가 보라는 뜻이다. 그는 십육호실 안으로 들어갔다. 잠시 후, 그는 완전히 굳어버린 얼굴이 되어 밖으로 나왔다.

그녀가 물었다.

"어때요, 구경한 심정이?"

"닥쳐."

그는 그녀를 태워 죽일 듯 노려보고는 앞으로 걸어갔다.

살을 가르고 뼈를 으깨는 고문. 그 고문을 받는 대상자들은 그의 몇 되지 않은 지인, 풍월관의 식구 맹적과 맹표였다.

그녀가 뒤따라오며 말했다.

"그들이 저렇게 된 것은 당신 때문이에요. 당신에 관한 사안을 알아내고자 중정당이 고문을 했지만 당신에겐 아무런 소용이 없었지요. 그래서 당신을 대신해 그들을 조사하고 있는 거예요."

담사연은 이를 악물었다. 풍월관의 식구들도 중정당에 끌려왔을지 모른다고 생각은 했다. 하지만 막상 그들이 고문 받는 모습을 보자 가슴이 부글부글 끓어올랐다.

"여긴 십칠호실이에요. 당신을 특별하게 생각했던 한 사람이 그곳에 있죠. 자, 들어가 보세요."

그녀가 십칠호실의 문을 다시금 열었다.

담사연은 가늘게 신음했다.

특별한 사람. 십칠호실에 누가 있는지 짐작되고 있었다.

"아!"

그는 실내에 들어서자마자 맞은편 벽면에 시선을 고정했다. 피로 범벅된 중년인이 십칠호실 벽면에 열십자로 매달려 있었다. 얼마나 심한 고문을 받았는지 가슴 부근엔 뼈를 드러내고 있었다.

그 중년인, 천이적이 힘들게 눈을 떴다. 천이적은 고통스러울 것이 역력함에도 의외로 미소를 보이고 있었다.

"내 꼴이 우습지? 이놈들이 글쎄 계급장을 떼고 덤비더군. 나쁜 새끼들, 전관예우도 모르고 말이야."

담사연은 그 말을 끝까지 듣지 못하고 뒤돌아섰다.

천이적의 음성이 들려왔다.

"사연아, 미안하다."

"……."

"내가 너에게 아무런 도움이 못 되었다."

그는 문 앞으로 걸어갔다. 그리고 그곳에서 낮게 말했다.

"당신이 미안할 일은 없습니다. 선택은 내가 했으니까요."

십칠호실을 나왔다. 그는 굳은 얼굴로 그녀를 한 번 노려보곤 십팔호실로 곧장 향했다.

십팔호실의 중앙 탁자에는 어제의 그 찻주전자가 놓여 있었다. 그는 탁자 자리에 앉자마자 찻주전자에 담긴 차를 마구 들이켰다.

그러는 사이에 그녀가 맞은편 자리에 앉았다.

"어제의 기회는 아직 유효해요. 생각이 있나요?"

"닥쳐! 어차피 전부 죽게 될 거야! 니들하고는 절대로 같이 일을 안 해!"

그녀가 묘한 미소를 머금었다. 아직 남은 한 수가 있다는 뜻이었다.

"담사후란 분의 생명을 걸고도 과연 그렇게 주장할 수 있을까요?"

"……!"

담사연의 동작이 거짓말처럼 중단됐다.

"그, 그건 무슨 뜻이지?"

"이미 그분의 신병을 확보해 두었죠. 이제부터는 당신 하기 나름이에요."

와장창!

담사연은 탁자 위의 찻잔을 바닥으로 쓸어버리며 벌떡 일어났다.

"그 사람은 건들지 마! 전신불수로 살아가는 불쌍한 사람이야! 그 사람을 해치면 그땐 귀신이 되어서라도 내 너희에게 복수하겠어!"

그는 분노가 머리끝까지 치달은 모습으로 그녀의 멱살을 잡아 자신의 눈앞에 끌고 왔다. 어린 시절부터 형을 위한 삶을 살았다. 그런 형이 병사가 아닌 이번 일로 허망하게 죽게 된다면 그건 곧 그의 지난 삶이 통째로 부정되는 것과 같았다.

"누가 당신의 형을 죽인다고 했나요?"

"……?"

"당신의 형은 후천적 요인으로 인해 불치의 병을 앓고 있죠. 병이 깊어졌기에 현재로선 삼 개월도 버티기 힘들죠. 우린 바로 그 당신의 형을 되살릴 수 있는 방법을 알아요."

전혀 뜻밖의 말. 들끓던 담사연의 심장이 단번에 진정됐다.

"기회를 잡으세요. 또한 반드시 성공하세요. 그러면 풍월관의 식구도 살고, 당신도 살고, 당신의 형도 되살게 될 거예요."

이젠 재고의 여지가 없었다. 설령 또다시 장난감이 된다고 한들, 아니, 악마와 손을 잡게 된다고 한들 이 거래를 받아들

일 수밖에 없었다.

그는 잡았던 멱살을 놓아주며 말했다.

"너희가 원하는 것을 다 들어주겠어. 그것이 무엇이든지!"

6장
사망탑

소유진의 거래에 응한 후 담사연은 사망탑으로 비밀리에 이동됐다. 두 눈을 가린 채 사흘 동안 이동되었기에 위치는 알 수 없었다. 이동이 끝나고 안대가 풀렸을 때 그가 처음으로 본 구조물은 하늘을 찌를 듯 솟아올라 있는 다섯 개의 원형탑이었다.

각각의 원탑은 높이가 거의 오십 장, 탑의 하부는 자연 상태의 수직 암반이고, 인위적 구조물로 만들어진 탑의 상부는 그 수직 암반 위에 이십 장 높이로 세워져 있었다.

탑의 꼭대기는 쳐다보기만 해도 아찔했다. 원탑의 하늘로는 자연적 현상인지 인위적 현상인지 알 길 없는 소용돌이 먹구름이 휘돌았는데 그것 때문에 원탑 일대는 을씨년스럽기 그지없었다.

담사연은 다섯 개의 원탑 중에서 가장 끝에 자리한 오호 원탑으로 최종 인도됐다. 그곳 원탑의 일층에는 붉은 복장의 중년인이 교관 자격으로 대기해 있었다.

"사망탑 오교 왕위청이다. 너는 나를 이곳에서 왕 교라 부르고 나는 너를 자객 야랑이라고 부른다. 알았나, 야랑?"

대면의 과정은 짧게 끝났다. 왕위청은 간단한 설명을 한 후 담사연을 원탑 이 층으로 올려 보내고 일 층으로 통하는 철문을 잠갔다.

원탑 이 층에 홀로 남은 담사연은 내부 구조를 우선적으로 살펴봤다.

화강암 계통으로 단단히 구축된 벽면, 창문이 없는 밀폐된 공간이다. 탈출은 원천적으로 불가능해 보이는데 밖에서 보던 것과 다르게 실내는 상당히 넓다. 무공을 수련하는 장소로 삼아도 별로 지장이 없을 것 같다. 이 층 철문의 맞은편에는 탁자가 하나 있고, 또 그 탁자 뒤편에는 굳게 잠긴 철문이 하나 더 있다. 아마도 삼 층으로 통하는 철문일 것이다.

"생각보다 최악이진 않군."

담사연은 탁자 아래에 쪼그리고 앉아 눈을 감았다.

세상에 공짜란 없다.

내일부터는 무척 피곤한 날이 될 것이다.

사망탑 이틀.

왕위청이 여러 분야의 전문가들을 데리고 원탑 이 층으로
올라왔다.

"신체 능력 검사가 있을 것이다. 옷을 전부 벗고 앞으로 나
와라."

신체검사는 동심맹 총단에서도 한 번 받았다. 그때와 다른
점이라면 이번엔 골격과 단전 검사의 수준을 넘어서서 팔다
리의 근력과 전신 혈도에 흐르는 기력까지 세밀히 조사한다
는 것이다.

이러한 신체 검사는 왕위청 홀로 진행하지 않았다. 각 분야
의 검사관 다섯 명이 그의 신체를 해부하듯 면밀히 조사하고
또 기록해 나갔다.

이날 그는 근력 조사를 받는다고 육백오십 번의 쪼그려 뛰
기와 칠백육십 번의 팔굽혀펴기를 했다. 얼차려 같은 검사 과
정으로 육체는 고되고 정신은 피곤하지만 그는 검사관들에게
일절 불만을 표출하지 않았다.

사망탑 삼 일.

어제와 마찬가지로 왕위청이 다섯 명의 검사관을 앞세워 원탑 이 층으로 올라왔다. 검사관들은 새로운 얼굴로 바뀌어 있었다.

"정신 능력 검사를 할 것이다. 집중을 다하여 검사에 응하라."

정신 능력 검사는 암기력, 해석력, 창의력, 연상력, 돌발 대응력 등 여러 분야로 세밀하게 나누어 이루어졌다. 검사가 진행되는 동안 검사관들은 어떤 점에서는 감탄을 거듭했고, 또 어떤 점에서는 예상과 다른 결과가 나온 듯 실망스러운 기색을 내비쳤다.

이번 검사는 하루의 시간으로 부족했다.

검사는 이틀 내내 진행됐고, 그는 그동안 검사관들의 요구에 아무런 불만 없이 성실히 따랐다.

가벼운 반발도 하지 않는 그의 모습.

그의 이런 적극적인 참여 모습에 왕위청이 오히려 적잖이 당혹한 반응을 보였다.

사망탑 육 일.

난관에 부딪치면 더 큰 힘을 발휘해 문제를 뚫고 나가는 사람들이 있다. 담사연이 바로 그런 성격이었다. 자유의지를 빼앗긴 상태이지만 그는 현 상황을 전향적으로 받아들였다. 동심맹은 형을 살릴 수 있다고 하였다. 그렇다면 그것 하나로 손해 보는 거래가 아니라고 생각했다. 어차피 지난 세월 형을 위한 삶을 살았다. 지금의 상황은 그 삶의 연장이라고 생각하면 그만이었다.

마음을 그렇게 다져먹자 사망탑의 공간이 더는 암울하게 생각되지 않았다. 감시자같이 느껴지던 왕위청도 이젠 그의 자객 수업에 도움이 되는 교관으로 보이고 있었다.

"왕 교, 자객 수업은 대체 언제 합니까? 놀고먹는 것도 이젠 지겨워 죽겠습니다."

왕위청이 하루 끼니를 챙겨 들고 이 층으로 올라왔을 때 그가 먼저 건넨 말이다.

왕위청은 이때 떨떠름한 얼굴로 눈만 끔쩍댔다.

사망탑 칠 일.

담사연의 기본 능력을 검사하는 과정이 모두 끝났다. 이제부터는 사망탑 자객으로서 본격적인 조련에 들어간다는 것을 의미한다.

"오늘 하루는 자유다. 무엇을 원하든 다 들어줄 것이고, 무엇을 하든 상관 않는다. 단, 지금 네가 머물고 있는 이 장소를 벗어날 수는 없다."

왕위청은 그렇게 말하며 필요한 것이 있으면 주문을 받는

디고 하였다.

"갈 곳도 없는데 그냥 화주나 두어 병 가져다주십시오. 술 마시고 잠이나 자렵니다."

담사연은 무던하게 말하며 바닥에 드러누웠다.

왕위청이 이런 그를 잠시 묘하게 쳐다보곤 일 층으로 내려 갔다.

반 시진 후에 화주 세 병이 이 층으로 올라왔다. 담사연은 이때 반사적으로 몸을 일으켰다. 화주를 들고 온 사람은 왕위 청이 아니었다.

"표정이 왜 그래요? 배달부가 마음에 들지 않나요?"

평소보다 화장을 짙게 한 소유진이었다. 화장 때문인지 그 녀의 자태는 오늘따라 아주 성숙해 보였다.

"이리 와서 같이 한잔해요. 그러고 보니 우리 이런 자리는 처음이네요."

소유진이 탁자 자리에 앉아 그를 향해 눈짓했다. 담사연은 일어나 탁자로 향했다.

그녀가 술잔을 채워 그에게 내밀었다.

"술은 잘 마셔요?"

"남들만큼은."

"난 한 병이 주량이에요. 뭐, 내공을 사용하면 끝도 없이 마실 수 있겠지만."

담사연은 술잔을 비우고 그녀에게 빈 잔을 건넸다.

"왜 왔지?"

"뭐가요?"

"찾아온 이유가 있을 거 아냐."

"난 이유가 있어야만 당신을 만나러 올 수 있나요?"

그녀의 되물음에 그는 적당한 답을 찾지 못하고 술병만 만지작댔다.

어색한 침묵이 잠깐 동안 이어졌다. 침묵의 술잔을 비우는 동안 그는 그녀와 두어 번 눈길을 부딪쳤고, 그때마다 거의 동시에 시선을 피했다.

"재미없네. 일 얘기나 하죠. 우린 그게 더 편하잖아요."

그녀가 먼저 대화의 주제를 잡았다.

"오늘 자유 시간을 준 이유를 알아요?"

"……?"

"내일부터 당신은 백일조련에 들어가요. 사망탑의 백일조련은 자기 자신과의 싸움이며 고독과의 싸움이에요. 당신은 그 기간 동안 대인 접촉을 일절 하지 못해요."

각오는 했다. 다만 꼭 그렇게 자객 수업을 받아야 하는지는 의문스럽다.

"백일조련에서 무엇을 배우지?"

"심법 하나와 일초식의 검법. 원래는 보법 수련 과정도 있었는데 당신에겐 제외되었어요. 당신의 보법은 이미 충분한 수준에 올랐으니까요."

"심법 하나와 검법 하나. 어려운 것은 아니군. 배울 필요성을 못 느끼긴 하지만."

"그렇게 간단히 생각하면 오산이에요. 사망탑의 심법과 검법은 정파의 최고 기재들도 감히 성취를 장담할 수 없는 특수한 무공이에요. 출탑을 할 수 있는 최소한의 검공 경지에도 이르지 못해 생을 마칠 때까지 사망탑에 갇힌 수련자가 한둘이 아니에요."

"오해는 네가 했어. 내 말은 무공의 수준이 아닌 무공의 필요성을 뜻하는 거야. 자객은 월등한 무력으로 표적을 잡지 않아. 표적보다 뛰어난 무공을 소유했다면 저격을 하기보다는 무인으로서 당당히 비무를 요청할 거야."

사무적인 사안을 논하니까 확실히 서로의 대화가 잘 진행된다. 상대의 논리에 반박할 말도 많다.

"당신의 주장은 일반적인 자객의 입장에서 본 것이에요. 동심맹이 당신에게 청부할 대상은 사파 최강의 무인들이에요. 청성군자를 잡을 때처럼 요행수를 기대하면 안 돼요. 그들은 일급 고수들의 집중 경호를 받고 있으며 개인적으로도 이미 인간의 수준을 넘어선, 그야말로 초인이에요. 하니 자객에게도 그들을 저격할 강력한 공격 수법이 하나 정도는 필요해요."

"요행이라고? 자객의 저격에 대해 함부로 결과를 예단하지 마. 광마도 단화진도 자신들이 그렇게 되리라고는 삶을 마치기 직전까지 예상 못했어."

"그만하죠. 이런 식으로는 끝도 없겠어요."

그녀가 논의를 잠시 중단했다. 그리고 그를 가만히 바라보더니 피식 웃었다.

"왜 웃지?"

"그럼 웃기지 않나요?"

"뭐가?"

"자객에 관한 이야기를 할 때면 당신은 유독 자신감이 넘쳐나요. 논리도 상당하고요. 정말 초보 맞아요? 혹시 남모르게 밤에 칼질을 하고 다닌 것 아니에요? 암살 전적이 한 백 번 정도로."

"하."

그녀의 말에 그도 그만 피식 웃었다. 생각해 보면 그런 것도 같다. 신강에서 신마교의 간부들을 저격했던 일이 한두 번이 아니다. 어쩌면 천생이 자객일지도 모른다.

그런 사이에 그녀가 좌석에서 일어나 실내를 이리저리 거닐었다. 화장만 진하게 한 것이 아니다. 옷차림도 평소보다 훨씬 화려하다.

보란 듯 거닐던 그녀가 문득 그를 마주 보고 섰다.

"어때요, 기회를 한 번 더 줄까요?"

무슨 뜻인지 모른다. 그는 묵묵히 그녀를 주시했다.

"왕 교가 말해주었을 건데요. 오늘은 무엇을 원하든 다 들어준다고."

그녀가 걸어와 그의 등 뒤에 바짝 붙어 섰다. 그는 술잔으로 손을 돌렸다. 마땅히 할 게 그것밖에 없었다. 그녀의 손목이 그의 뒷목을 돌아 어깨를 부드럽게 감쌌다. 귓가로 여린 음성이 들려왔다.

"원한다면 하룻밤을 보낼 여자도 가능해요. 필요하면 지금 말하세요. 당신을 만족시켜 줄 만한 여자를 제가 알고 있어요."

그는 그녀의 말에 그저 술잔만 비웠다. 솔직히 술맛도 제대로 느끼지 못할 심정이었다.

그녀가 그의 맞은편 자리로 돌아 나왔다. 미소를 머금고 있었는데 조금은 실망스러운 표정이었다.

"이봐요, 초짜 아저씨. 장난 한번 해봤으니 그런 눈으로 나를 쳐다보지 마세요."

자리에 앉은 그녀가 술잔을 들었다. 어색한 침묵이 다시 이어졌다. 사무적인 대화가 아니면 소통이 잘 안 되는 그들이다.

그녀가 침묵을 깨고 나왔다.

"당신 차례예요. 제게 물어보고 싶은 것 없어요?"

당연히 있다. 너무 많아서 선택을 해야 할 정도다.

"형은 어디에 있지?"

"장소는 말해줄 수 없어요. 다만 당신의 형을 우리가 안전하게 보호하고 있다는 건 확실해요."

"보호가 아니라 인질이겠지."

"생각하기 나름이에요. 현재 열 명의 의원이 당신의 형과 같이 상주해요. 월인촌에 있었다면 그런 고급 진료를 받지 못할 거예요."

전향적으로 생각해야 한다. 일을 완수하면 건강한 형과 다시 만날 수 있다고 하지 않는가.

"풍월관의 식구들은 방면되었나?"

"아뇨. 그들은 당신과의 거래가 종료될 때까지 방면되지 않아요. 당신은 여러모로 의문스런 점이 많아요. 우리로선 당신에 대해 좀 더 알아볼 필요가 있어요."

조사가 계속된다는 뜻이다. 그는 불편한 눈빛을 보냈다.

"물론 전처럼 무지막지한 고문은 하지 않으니 그 점에 대해선 안심하세요. 중요한 건 당신의 일 처리죠. 무슨 뜻인지 알죠?"

알고 있다. 그러기에 더 막중한 책임감을 느낀다.

그는 다른 질문을 던졌다.

"청성당 청부를 계획했던 인물, 또한 나를 이곳으로 보낸 인물, 그 주모자는 언제 만날 수 있지?"

"백일조련이 무사히 끝나면 만남의 자리가 한 번 있을 거예요. 그 자리엔 동심맹의 맹주님도 참석하시죠. 참, 왜요? 그분들에게 따로 전할 말이 있나요?"

"당연히 있지."

있다는 말만 해줄 뿐 그는 구체적으로 설명해 주지 않았다. 그녀가 들을 말이 아니었다. 엄중한 경고의 자리가 될 것이다.

그의 물음이 끝났다.

시간이 제법 흐른 상태다. 가지고 온 화주도 거의 바닥났다.

그녀는 그의 눈치를 힐끔 살피며 일어섰다.

"그만 가야겠어요. 귀한 자유 시간을 내가 뺏었다면 미안하게 생각해요. 백일조련을 무사히 마치시길 기원해요."

"미안할 것은 없어. 덕분에 나도 지루하지 않았으니까."

이 층의 철문으로 그녀가 걸어갔다. 그는 묵묵히 그녀를 지켜보기만 했다. 그녀는 철문 앞에서 잠시 머뭇거렸다.

"더 하고픈 말 없어요? 원하는 거라도⋯⋯."

"없어."

"⋯⋯."

그녀는 낮게 한숨 쉬곤 일 층으로 내려갔다.

이 층의 철문이 닫혔다.

혼자가 된 그는 마지막 술잔을 비우며 심정을 드러냈다.

"널 믿을 수 없어."

＊　　　＊　　　＊

중정당 십칠호실.

소유진이 말했듯 담사연에 관한 핵심적인 의문은 여전히 풀리지 않았다. 담사연이 사망탑에 들어간 현 시점에서 천이적이 중정당에 억류되어 이차 조사를 받는 이유도 바로 그런 점에 연유되어 있었다.

"중정당 수사실장 구중섭입니다. 일전에는 실례가 많았습니다, 선배님. 상부의 지시인지라 저도 어쩔 수가 없었습니다. 후배를 너그럽게 봐주시길 부탁드립니다."

천이적은 십칠호실 중앙 탁자를 사이에 두고 구중섭과 마주 앉아 있었다. 생육관의 과정이 끝난 다음 약식의 치료를 받긴 했지만 아직 그의 얼굴과 몸에는 고문의 흔적이 역력히 남아 있었다.

"이해하네. 내가 자네의 입장이라도 그렇게 했을 것이네.

다만……."

"다만?"

"마음으로는 이해하는데 내 육체는 그렇지가 않아. 밖에서 보면 조심하게. 어쩌면 내 생각과 다르게 내 손이 자네 껍질을 벗기려고 할지도 모르네."

"끄응."

구중섭이 떨떠름한 표정을 지어냈다. 천이적은 피곤한 모습을 보이며 말을 이었다.

"자, 본론으로 바로 들어가지. 내 지금은 자네의 얼굴을 오래 보고 싶지 않네."

고문을 한 당사자로서 그 심정을 이해한다. 구중섭도 서류를 꺼내 들고 바로 핵심 질의에 들어갔다.

"선배님의 심정이 그러하니 오늘은 세 가지 핵심 사안 중에 한 가지만 묻고 돌아가겠습니다. 되도록 두 번 조사가 없도록 진실을 말해주시기 바랍니다."

"그렇게 노력해 보지."

"첫째로는 망혼보에 관한 의문입니다. 저번 조사에서 선배님은 자객 야랑에게 망혼보를 이론적으로 건네준 것뿐이라고 진술하셨습니다. 맞습니까?"

"그러네."

"중정당은 보법의 진수를 터득하지 못해 자객에게 가르칠 처지가 아니었다는 선배님의 주장을 믿습니다. 주장에 타당성도 있습니다. 문제는 담사연이 어떻게 망혼보를 성취했느냐는 것입니다."

"그야 나도 모르지."

"당시 우리는 이렇게 판단했습니다. 담사연이 무공의 초천재, 이론만으로 무공의 진수를 터득하는 절대기재라고 말입니다. 우연히 망혼보를 성취했다는 기연 가설도 있었으나 그건 누가 봐도 허황된 일이라 제외했습니다."

"내공 증진이 아니라 깨달음의 성취적 문제이니 기연 가설은 당연히 제외해야겠지."

기연 가설 제외에 천이적이 동의하자 구중섭은 공감의 빛을 보이며 말을 이었다.

"야랑은 현재 모처에서 자객 수업을 받고 있습니다. 그곳에서 그의 자질과 재능에 대해 정밀적인 조사가 있었습니다. 기본적인 육체 능력은 만점이고 정신적인 능력에서도 암기력, 반응력, 대응력 등 각 부분에 걸쳐 최상급의 점수를 받았습니다. 문제는……."

"문제는?"

"해석력, 창의력 등에서는 만족할 만한 점수를 받지 못했다는 것입니다. 아, 물론 이 만족이란 무공의 초천재라는 가정 아래에서 하는 말입니다."

"그래서, 그게 왜 문제가 되지?"

"동심맹의 검사관들이 이 문제를 두고 논의 끝에 결론을 내렸습니다. 자객의 현재 수준으로는 망혼보의 진수를 홀로 터득할 수 없다고 말입니다."

천이적이 되물었다.

"하면 그 말은 내가 모르는 다른 스승이 있다는 뜻인가?"

구중섭은 천이적을 예리하게 쳐다보며 말했다.

"강호에 선배님이 아닌 망혼보의 또 다른 전수자가 있습니까?"

"그야 확신할 수 없지. 나 역시 중정당 소속이던 시절 우연히 망혼보를 얻게 되었으니."

망혼보는 일인 전승되어 온 무공이 아니다. 진수를 터득할 수 없기에 역대에 걸쳐 여러 무림인에게 흘러들었고, 또 버려졌다.

"허나 한 가지는 단언하네. 누가 얻더라도 그것의 진수는 얻지 못했을 것이네. 아무나 성취할 수 있는 것이라면 그렇게 오랜 세월 불가능의 무공으로 불리지 않았을 것이고, 설령 터득한 무인이 있었다면 이미 예전에 신법의 대가로 강호에 명성을 떨쳤을 것이네."

천이적의 주장에 구중섭은 고개를 끄덕였다. 동심맹 수사단을 곤혹하게 했던 그 반론과 정확히 일치한다.

"휴우, 어렵군요. 아무리 따져 봐도 정답이 보이지 않는데 정말 기연이란 말입니까?"

"뭐, 어쩌면 그럴지도. 자고로 무림 영웅 치고 재수 안 좋은 놈이 있었던가."

천이적이 씨익 웃으며 말을 마쳤다.

오늘의 조사는 일단 여기까지다.

구중섭이 자리에서 일어나 정중히 포권했다.

"하면 후배는 그만 돌아가겠습니다. 참, 선배님, 후배의 피부를 벗긴다는 그 말, 재고해 주십시오. 이 후배, 오늘부터 밤잠을 설칠 겁니다."

천이적도 눈인사를 보냈다.

"클클, 그건 자네 하기 나름이야. 다음에 조사를 할 때에는 화주나 한 병 들고 와. 그럼 재고해 보지."

구중섭이 십칠호실을 나갔다. 실내에 혼자 남게 된 천이적은 엷은 미소를 머금으며 중얼댔다.

"자객이 천재는 아니지. 천재는 따로 있지……."

*　　　　*　　　　*

동심맹 천기당주 집무실.

"두 번째 의문 사안은 단화진의 철단금에 있습니다. 당초

저희는 자객의 저격 낭시 단화진이 보종의 독에 의해 신체 마비 상태이거나 자모총통의 타격으로 인해 철단금의 내력 발휘가 원만하지 않았던 상태라고 여겼습니다. 한데 검안 결과 단화진의 단전은 철단금의 내력이 극성으로 발휘된 상태였습니다. 다시 말해, 자객이 이급의 검력으로 철단금이 발휘된 단화진의 신체를 잘랐다는 뜻이 됩니다."

조순의 집무실로 중정당의 마중걸이 찾아와 그간의 수사 과정을 보고했다. 이 자리에는 사망탑에서 담사연을 접견하고 돌아온 소유진도 배석했다.

"중정당에서는 가상의 동일한 상황을 만들어 이급의 검력으로 실험해 보았습니다. 열 번을 실험했고 결과는 전부 실패입니다. 일급의 검력으로 실험해 보아도 열 번 중 한 번만 겨우 성공했습니다. 그것도 아주 투박한 검흔을 남긴 채 말입니다. 따라서 자객에게 그 행위는 불가능한 일이었다고 판단……."

"그래서 주장하는 결론이 뭐지?"

조순이 마중걸의 말을 끊었다. 그다지 관심 있는 표정이 아니었다.

"자객이 단화진의 목을 자르기 전에 철단금의 조문을 깨뜨렸다는 것입니다. 단화진의 잘린 목을 보면 왼쪽 눈에 비수에 관통된 검상이 있습니다. 우리는 그곳이 단화진의 조문이었다고 판단합니다."

반론은 바로 제기된다. 외공 수련자에게 조문이란 부인에게도 말해주지 않는 소중한 것이다.

"자객이 단화진의 조문을 어떻게 알았지? 내가 알기로 단화진은 생전에 누구에게도 자신의 조문을 발설하지 않았어."

"현재 그 점에 대해서 중점 조사하고 있습니다. 그래서 중정당은 사망탑에 들어간 자객을 다시금 조사할 수 있도록 천기당에 요청을 하는 바입니다."

조순이 고개를 저었다.

"됐어. 자객에 관한 직접 조사는 당분간 없어. 다른 방식으로 알아보도록 해."

"……."

마중걸의 안색이 검게 변했다. 단화진이 죽은 상태이거늘 자객을 조사하지 않고서 어찌 이 의문을 풀어낼 수 있단 말인가.

"하면 세 번째 핵심 의문 사안으로……."

마중걸의 이어지는 보고도 조순이 냉정히 끊었다.

"그것도 됐어. 그만 돌아가. 다음에 보고받겠어."

"네, 알겠습니다."

아무런 소득도 없이 마중걸이 집무실을 나갔다.

"참신한 것이 없어. 저래 가지고 강호의 난제 사건들을 어떻게 해결해 나가겠어. 안 그러느냐, 유진아?"

조순이 마뜩치 않은 어조로 말하며 소유진을 돌아봤다.

"그래, 네 생각은 어떠냐?"

"자객이 단화진의 조문을 알아낸 것 말입니까?"

"아니. 자객을 사망탑에 보낸 것 말이다."

"저는 당주님의 판단을 따를 뿐입니다."

"후후, 하나를 주고 둘을 얻는다. 손해 보는 거래가 아니지 않느냐."

조순이 의미심장한 미소를 비쳤다. 자객의 처리를 두고 고심했던 이전과 다르게 안색이 사뭇 밝았다. 동심맹주와 모종의 담판을 지은 이후로 되찾은 원래의 천기당주 모습이다.

"자객은 조만간 공식적으로 사망 처리가 될 거다. 의심을 품는 인간들이 있겠지만 정파의 최대 권력이 우리에게 동조하고 있으니 감히 반발 같은 것은 하지 못할 거다."

조순이 말하는 도중 소유진을 문득 주시했다.

"얼굴이 어둡다. 무슨 문제가 있는 거냐?"

소유진은 확실히 평소보다 안색이 어두웠다. 그녀의 이런 안색은 천기당에 들어와 자객 처리에 관한 보안 문건을 본 이후부터였다.

그녀가 조심스럽게 말했다.

"야랑이 수련할 양정심법이 등사심법의 구결로 대체되었

더군요. 기존의 사망탑 자객들과는 다른 수련 방식입니다. 이유를 물어봐도 될까요?"

"정확하게 말하자면 야랑의 수련 방식이야말로 바른 것이라고 할 수 있지. 능광검은 원래 등사심법이 바탕이 된 검공이다. 양정심법은 어디까지나 능광검을 성취함에 이종이자 편법의 심법일 뿐이다."

"허나 등사심법은 해석이 불가능한 시구로 이루어져 있으며 또한 그런 미완성의 등사 구결로 수련하는 것은 무림에서 공식으로 금하고 있습니다. 이대로 수련을 진행한다면 자객에게 큰 문제가 닥칠 것입니다."

"어차피 자객은 소모품이다. 능광검의 마성을 극복하지 못하는 자객이라면 우리에게도 의미가 없는 존재일 뿐이다."

조순의 단호한 말에 그녀는 그만 착잡한 숨결을 내쉬었다.

조순이 이런 그녀를 묘하게 쳐다보며 말했다.

"내 자리를 물려받고 싶다면 인정에 흔들려서는 안 된다. 일을 추진함에 항상 과정보다 결과를 더 우선하고, 목적을 위해서라면 네가 가진 최고의 무기를 언제든지 적극적으로 사용하라."

목적 우선. 결과 지상주의.

어린 시절부터 그렇게 철저히 교육을 받은 소유진이다.

"스승님의 말씀, 항시 새겨두고 있습니다. 대업의 그날까지 소녀는 흔들리지 않을 것입니다."

소유진은 무표정한 얼굴로 포권하고 뒤돌아섰다.

집무실을 빠져나가는 그녀의 등에 조순의 묘한 응시가 계속 따라붙었다.

*　　　*　　　*

사망탑 팔 일.

"삼 층은 조련실이고 사 층은 숙소이다. 자, 올라가라."

왕위청이 삼 층으로 통하는 철문을 열었다. 담사연이 그곳 계단에 올라서자 왕위청은 뒤따라오지 않고 추가적인 설명만 했다.

"조련 생활 규칙은 간단하다. 매일 사시가 되면 범종이 울린다. 그러면 너는 조련실로 내려와 수련해야 되고, 이후 술시의 종이 올리면 숙소로 다시 올라가 다음 날의 수련을 대비한 휴식을 해야 한다. 숙소 생활에 필요한 음식과 옷가지는 하루에 한 번 조련실로 배급된다. 때를 놓치거나 규칙을 어기면 생필품 배급은 최소 삼 일 동안 중단된다."

왕위청의 말이 끝남과 동시에 철문이 닫혔다.

담사연은 고개를 들어 원탑의 상부를 쳐다봤다.

"아!"

예상 밖의 구조가 눈에 들어왔다.

사망탑의 높이로 보아 이십 층은 되리라 예상했는데 의외로 내부가 비어 있는 구조물이었다. 원탑 내부를 빙빙 돌아가며 올라가는 계단 안쪽에 건축 구조물은 오직 삼 층과 사 층의 구조물뿐이었다.

이 층과 상당한 거리를 둔 높이에 삼 층이 있었다. 삼 층 내부는 어둠으로 물들었다. 아직 사시가 되지 않았기에 그 안으로 들어가 볼 수는 없었다. 그는 삼 층을 지나서 사 층 숙소로 들어섰다.

사 층 숙소는 사망탑의 꼭대기에 있었다. 이 층에 비교해 많이 좁지만 혼자 기거할 공간으로는 그다지 불편해 보이지 않았다. 실내엔 아담한 침상이 하나 있고 사물함과 탁자도 하나씩 구비되어 있었다. 무엇보다 그의 눈길을 끈 것은 원탑 벽면에 만들어져 있는 작은 창이었다. 크기는 얼마 되지 않지만 이곳을 통해 밖을 내다볼 수 있다는 사실에 그는 상당히 고무됐다.

창으로 얼굴을 내밀어본다. 안면을 스치는 시원한 바람. 답답한 속이 확 뚫리는 것 같다.

"창이 너무 작은데? 도망은 불가능하겠어. 축골공(縮骨功)이라도 익혀야 하나."

그는 농담 삼아 툴툴대며 침상으로 돌아섰다.

뼈를 줄이고 살을 축소시킨다는 축골신공.

수련을 할 수도 없겠지만 수련한들 또 무슨 의미가 있으랴.

오십 장 높이의 원탑이다.

굳이 탈출을 하려면 신선들의 비행술도 병행해서 수련을 해야 하리라.

뎅뎅뎅!

사시를 알리는 범종이 원탑을 울렸다.

담사연은 삼 층으로 내려와 조련실로 들어갔다.

어둡고 습한 공간이다.

팟!

조련실 중앙의 원형 단상에 빛이 들어왔다.

단상에는 한 자루 검과 빛바랜 서첩 하나, 그리고 검붉은 단환 한 알이 놓여 있었다.

어둠 속에서 웅얼대는 음성이 들려왔다.

"야랑은 수련 단상에 올라앉으라."

왕 교의 음성인데 공명이 너무 심해 위치는 알 수 없었다.

"붉은 단환은 수련자의 내력 증진에 큰 도움을 주는 혈기 환이다. 매일 한 알씩 지급될 것이니 지금 그것을 복용하라."

단상에 올라앉은 담사연은 잠시 머뭇댔다. 성분이 확인되지 않은 약이다.

"넌 이급의 내기에 불과한 몸으로 사망탑에 들어왔다. 혈기환을 복용하지 않으면 정상적으로 백일조련이 진행되지 않는다. 어서 복용하라."

이어진 지시에서 그는 혈기환을 손에 들었다. 이미 범의 굴에 들어왔다. 이제 와서 일일이 의심할 수는 없는 노릇이다. 그는 혈기환을 입에 넣고 꿀꺽 삼켰다.

"읍."

약을 삼키자마자 뱃속이 불에 덴 듯 뜨거웠다. 효능은 잘 모르지만 일반적인 영약이 아닌 것은 확실했다.

"서첩을 펼쳐라. 심법 구결이 있을 것이다. 구결을 보며 나의 지시대로 진기를 운행하라."

그는 서첩을 펼쳐 눈으로 대충 읽어봤다. 왕 교의 말과는 다르게 심법의 구결 같은 것은 적혀 있지 않았다. 한 편의 시와 진기의 운행법을 알리는 혈도의 위치 나열만 복잡하게 적혀 있었다.

등불에는 심지가 없고, 밤하늘엔 달빛이 없다.
임은 강 건너에 있는데 나룻배엔 노가 없고,
임 향한 마음은 간절한데 나비가 없어 꽃을 전할 길이 없다.
밤은 낮이 되고 낮은 밤이 된 그곳에서
의식에 피가 몰린 극한의 인고를 안고 건너가면,

법(法)에 얽매이지 않고 공(空)에도 얽매이지 않으니
경계가 없는 삼광의 검(劍)이 현현하리라.

난해한 시였다. 한 번 읽어보아서는 도무지 해석이 안 되었다. 진기의 운행법도 글만 보아서는 무엇을 어떻게 시작해야 하는지 감을 잡을 수가 없었다.

왕교의 음성이 다시 들려왔다.

"기해혈 진기 일 푼, 관원혈 진기 이 푼, 중완혈 진기 일 푼, 중완혈에서 기문혈로 깊게 운기해서……."

세부적인 진기의 운행법이다. 그는 왕 교의 지시대로 운기행공에 임했다. 처음에는 약하고 느릿하게 움직이던 진기가 점차 강하고 빠르게 기맥을 휘돌았다. 그런 과정 속에서 혈기환으로 인해 뜨거웠던 속이 조금씩 진정되고 있었다.

"거궐혈, 기사혈, 천돌혈, 옥당혈……."

어느 순간부터 그는 운기행공에 몰입이 되었다. 시간의 흐름마저 완전히 잊어버릴 정도였다.

뎅뎅뎅!

술시를 알리는 범종 소리가 들려왔다.

"오늘의 조련은 여기까지다. 당분간 야랑은 오늘처럼 운기행공에만 집중한다. 나는 수련의 길잡이로 육 일 동안만 너와 조련실에서 대면한다. 그 후로는 너 홀로 수련하고 너 홀로 성취의 과정을 거쳐야 한다. 자, 숙소로 올라가 휴식하라. 참, 조련 시간 외에 개인적 수련은 자유다."

왕 교의 음성이 끝나며 조련실의 불이 꺼졌다.

담사연은 조련실을 나와 사 층의 숙소로 올라갔다.

"신기하군. 하루 만에 이렇게 효과가 나오는가?"

숙소로 올라갈 때 그는 상당히 놀란 심정이었다. 고작 하루 수련을 했건만 몸이 예전과 다르게 느껴졌다. 단전이 꽉 찬 것 같고 근력에 힘이 붙었다. 안력마저 이전보다 더 좋아진 것 같았다.

"허! 이러다가 정말 고수가 되는 것 아냐?"

그는 기분 나쁘지 않은 음성을 중얼대며 숙소로 들어섰다.

이제 뭘 할까.

외부 세계와 단절된 갇힌 신세이지만 반대로 이 공간에서만큼은 완전히 자유가 된 시간도 얻었다.

잠을 잘까? 운동을 할까?

고민하던 그는 창문 앞으로 나아가 먼 하늘을 바라봤다.

'형, 기다려. 곧 돌아갈게.'

다른 무엇보다 그리운 감정이 우선이다.

그는 먼 하늘을 바라보며 형과 재회하는 상상의 시간을 가졌다.

사망탑 십삼 일.

여섯 날이 지났다. 담사연은 무서울 정도로 백일조련에 적
응했다. 운기의 길잡이로서 왕위청의 음성은 이제 무의미했
다. 그는 조련에 들어가면 곧장 등사의 구결을 보며 운기행공
에 몰입했으며 스스로 진기를 일주천시켰다.

"야랑은 검을 들라. 오늘 이후로는 심법 수련을 병행하여
일 초식의 검법을 수련한다."

왕위청의 음성이 끝남과 동시에 조련실의 좌측에서 새로
운 불빛이 밝혀졌다. 초식을 연마하는 팔각 수련장이 그곳에
있었다. 팔각 수련장의 모서리 지점에는 여덟 개의 동상이 발
검과 출검의 동작 자세로 각각 위치해 있었다.

"팔검동상이다. 조련장에서는 교관과 같은 역할을 한다.
야랑은 이곳에서 등사심법을 운기하며 팔검동상의 동작을 따
라 월광(月映) 초식을 수련한다."

의문의 검법은 일초식 월광만 남아 있었는데 하나의 초식
이라고 해서 쉽게 여겨서는 안 되었다. 발검과 출검, 행검이
전부 하나로 연결되어 있었다. 성취를 떠나서 월광 초식을 흉
내라도 내려면 발검과 출검 동작을 무수하게 반복 수련을 해
야 할 터였다.

"백일조련 후, 사망탑을 나갈 자격을 얻는 검공의 최소 성
취도는 삼성이다. 삼성은 일검 발휘로 삼검동상 이상을 격파

하는 무력 수준을 의미한다. 아울러 팔검동상을 한꺼번에 깨뜨릴 수 있다면 그건 곧 사망탑의 검공 수업을 완성한 것이라 할 수 있다. 외롭고 고된 수련의 나날이 되겠지만 야랑은 검공의 성취를 위해 부단히 노력하고 또 노력하라.”

왕위청의 음성이 끝났다.

담사연은 조련장 우측의 어둠 속을 진중히 주시했다.

수업이 끝났음에도 아직 조련장에 머물러 있는 왕 교였다.

담사연이 말했다.

“오늘이 지나면 백 일 후에나 왕 교를 뵙겠군요. 그동안 고마웠습니다. 짧은 기간이었지만 그래도 제겐 스승과 같은 분이셨습니다. 나중에 만날 때는 정식으로 예를 갖춰 인사드리겠습니다.”

“……”

왕위청의 대답은 없었다. 무거운 숨결만이 어둠 속에서 흘러나왔다.

사망탑 이십오 일.

담사연이 일초식의 검법을 홀로 수련한 지 십이 일이 지났다.

이날 조련을 마치고 숙소로 돌아온 담사연은 문득 타는 듯한 갈증을 느꼈다. 숙소에 구비된 물병을 모조리 마셔보지만 갈증은 해소되지 않았다. 등사심법으로 심신을 진정시켜 보아도 소용이 없었다. 오히려 갈증의 세기만 더 강해졌다. 혀가 타들어가고 가슴에 불이 붙는다. 그는 바닥에 엎어져 고통의 신음을 줄줄 흘렸고, 그러다가 그만 정신을 놓아버렸다.

다시 일어났을 때는 한밤중이었다. 갈증은 사라졌지만 그 대신 무엇으로도 대체할 수 없는 공허감이 밀려들었다. 공허함은 적요한 밤의 기운에 가슴이 쓸려 나갈 것 같은 외로움으로 변했고, 그 외로움은 다시 전날의 연을 회상하는 그리움으로 이어졌다.

전신불수로 불쌍히 살아가는 형, 버거운 생활 속에서 언제나 힘이 되어주던 풍월관의 식구들, 신강의 전장에서 생과 사를 다투던 전우들, 그가 알고 지냈던 모든 사람이 이 순간 그의 뇌리에 떠올랐다가 사라졌다.

주변을 돌아본다. 현실은 사방이 막힌 고층의 원탑 안이다. 누구도 만날 수 없고 누구와도 연락할 수 없다. 탈출도 불가능하며 탈출을 도와줄 사람도 없다. 그는 사망탑에 갇힌 자신의 신세를 한탄하며 서럽게 울먹였다.

"우우우!"

사망탑 이십육 일.

조련실로 내려가기 전, 그는 간밤의 모습을 떠올리곤 안색을 붉혔다.

"미쳤군. 그런 궁상이라니. 본 사람이 없다는 게 천만다행이야."

7장

희망의 전서

"야랑의 조련 상황은 어떠한가?"

"좋지 않습니다. 진행 속도가 너무 빨라 후속 대처를 준비해 두어야 할 정도입니다."

"빠르다는 건 좋은 것이 아닌가?"

"그게 그렇지가 않습니다."

담사연의 백일조련이 한 달에 접어들 무렵 조순이 사망탑을 은밀히 찾아와 중간보고를 받았다. 보고자는 왕위청이었다.

"야랑은 양정심법이 등사심법으로 대체된 상태에서 조련

되고 있습니다. 등사신법으로 수련하는 능광검법은 부작용이 너무 심해 폐기되었던 조련 방식입니다. 한데 지금 불완전한 등사심법이 야랑의 천부적 재질과 맞아떨어져 인위적 제어가 힘들 정도로 빠르게 성취되고 있습니다. 이대로라면 십중팔구 야랑이 죽어버리거나 또는 야랑 자신조차 제어를 할 수 없는 검귀 상태가 될 것입니다."

"사망탑 초기에 등사심법으로 능광검법을 수련하게 했던 조련자들이 있었다고 했지?"

"네. 전부 일곱 명입니다."

"어떻게 되었지?"

"조련자 셋은 수련 중에 기혈 역류로 죽었고 나머지 넷은 미쳐 버려서 수련이 강제 중단되었습니다. 미쳐 버린 수련자 중에 둘은 사망탑에서 방출된 후 스스로 목에 칼을 찔러 삶을 마쳤습니다."

"그렇게 되는 주요 원인은 밝혀졌는가?"

"여러 가지 원인이 있겠으나 그중 첫째로는 등사심법의 성취가 높아질수록 수련자가 극심한 외로움에 시달리게 된다는 점 때문입니다. 이것을 극복하지 못하기에 수련자는 대개 자해로 생을 마감하는데 그중 재능이 아주 특별한 수련자는 고독이 마성으로 변질된 검귀가 되어 원기를 다 소진할 때까지 무분별한 살행을 일삼게 됩니다."

"수련자의 외로움을 달래주면? 그렇게 해서 검공의 성취를 얻는 방법은 없는가?"

"그런 식으로는 수련이 불가능합니다. 능광검법의 검의(劍意)는 고독에 있기에 외로움을 극복하는 과정을 겪지 못하면 수련자는 검의 진수를 성취할 수 없습니다. 이것은 양정심법으로 능광검법을 수련하는 사망탑의 다른 자객들에게도 동일하게 적용됩니다. 야랑의 경우에는 능광검법의 본래 심법인 등사심법으로 검공을 수련하기에 다른 자객들보다 훨씬 더 지독한 고독의 감정을 겪게 될 것입니다."

왕위청의 단언에 조순은 마뜩치 않은 숨결을 흘려냈다. 무림의 일은 아무도 모르는 것. 함부로 결과를 단언해선 안 된다. 그 역시 얼마 전에 불가능을 단언했던 일을 추진하다가 그만 이름도 들어보지 못한 이류 자객에게 무참히 깨져 버렸다.

"하여 야랑의 등사심법 수련을 이 시점에서 중단시킬 수 있도록 천기당주님께 요청드립니다. 야랑은 기재가 범상치 않은 무인입니다. 원점에서 다시 시작하여 양정심법으로 능광검법을 수련하게 하고, 아울러서 사망탑의 다른 자객들처럼 전폭적인 지원을 해준다면 멀지 않은 시기에 야랑은 우리가 그리도 고대했던 사망탑의 일대 자객이 될 가능성이 있습니다."

요청이라고 했다. 왕위청이 이런 식으로 자객의 삶을 돌본

적은 이제까지 단 한 차례도 없다. 조순은 왕위청을 잠깐 의아하게 쳐다보곤 고개를 저었다.

"그냥 이대로 진행해. 문제가 생기면 내가 책임지겠어."

"당주님, 다시 한 번 요청드립니다. 진행하란 그 명령, 거두어주십시오. 이대로는 검공 성취도 안 될뿐더러 야랑도 무사하지 못하게 됩니다."

조순이 무언가를 생각해 보곤 물었다.

"왕 교가 염려하는 것은 무엇인가? 능광검의 성취에 관한 것인가, 아니면 야랑의 목숨인가?"

"……"

왕위청은 쉽게 입을 열지 못했다. 눈빛만 가늘게 떨었다.

"야랑의 능력이 뛰어나다는 것은 나도 알아. 그러기에 내가 불가능이라고 생각했던 그 청부를 성공시켰지. 또한 내가 정파 무림인들의 반발을 무릅쓰고 야랑을 사망탑으로 보낸 이유도 바로 그 능력 때문이야."

"한데 왜?"

"왜냐고? 능광검을 완성한 사망탑의 자객은 내게 큰 의미가 없어. 난 동심맹의 대업 완수에 착실한 디딤돌이 되어줄 자객이 하나 필요할 뿐이야. 이유를 더 설명해 줘야 하나?"

왕위청이 안타까운 얼굴로 다시 침묵했다.

조순은 그런 왕위청을 의미심장하게 바라보더니 소매 속에서 연푸른 단환 하나를 꺼내 왕위청에게 던졌다.

"오늘부터 삼 일에 한 번씩 그것을 야랑에게 복용시켜."

"이건?"

"마기환이야. 마기를 억제하고 내력을 증진시키는 훌륭한 약이기도 하지만 그것과 비례해 중독성도 아주 강하지. 열 알 정도만 연속해서 복용하면 그땐 마기환 없이는 살아갈 수 없는 신세가 될 거야."

왕위청이 마기환을 내려다보곤 눈살을 찌푸렸다. 검귀 탄생을 대비하는 최소한의 안전장치임은 맞다. 그러나 마기환은 사파에서도 사용을 금지하는 위험 약물. 정파의 무인들이 사용할 수단이 아니다. 강호에 알려지면 크게 지탄을 받을 것이다.

왕위청의 꺼린 심정을 알고 있는 듯 조순이 한결 부드러워진 어조로 말했다.

"자네와 난 이제 비밀을 공유한 친숙한 사이가 되었어. 맹에 복귀하면 자네를 사망탑주에 오르도록 맹주께 잘 말씀드려 보겠어. 참고로 말하는데, 동심맹주도 마기환 사용을 승인했어. 하니 뒷일 같은 것은 걱정하지 마."

사망탑 삼십 일.

소유진이 원탑의 숙소로 들어왔다. 히늘색 경장을 곱게 입은 그녀는 유혹적인 미소를 지으며 그를 마주 보고 섰다. 진득한 눈길에 이어서 향긋한 체향이 코를 스친다. 그는 그녀의 볼을 어루만졌다. 그녀는 부끄러운 몸짓을 해 보이며 옷을 벗었다. 눈부신 알몸. 그는 그녀의 알몸을 안아 들고 침상으로 향했다.

"가지세요. 난 당신을 위해 언제든지 준비되어 있어요."

그녀의 손목이 그의 목을 둘러 감았다.

그는 애무 없이 거칠게 그녀의 몸속으로 파고들었다.

"으음!"

담사연은 신음과 함께 잠에서 깨어났다.

기분이 좋지 않다. 하체가 축축하다. 몽정을 한 것이다.

그는 속옷을 갈아입고 탁자에 앉아 진지하게 생각해 봤다.

몽정을 한 것은 문제가 되지 않았다. 그는 젊고 건강했다. 얼마든지 몽정을 할 수 있었다. 상대가 소유진이란 것도 이해할 수 있었다. 소유진은 그가 이제껏 접했던 어떤 여성보다도 더 아름답고 매력적이었다. 소유진과 다른 일로 만났다면 어쩌면 그가 먼저 호감을 표현했을지도 모른다.

문제는 몽정이 아니라 몽정을 하기 전의 과정에 있었다.

'이건 단순하게 넘길 일이 아냐.'

잠들기 전, 그는 전날과 마찬가지로 극심한 외로움에 사로잡혔다. 얼굴도 잘 기억나지 않는 부모님까지 찾으며 궁상맞게 울었을 정도다.

밤만 되면 밀려드는 그리움과 외로움. 이런 감정이 하루 이틀이 아니다. 처음엔 원탑에 홀로 남았으니 그런 감정에 젖는 것은 당연한 일이리라 생각했다. 하지만 이제 와 돌아보니 그 정도가 너무 심했다. 형을 위한 그의 삶이 그랬듯 그는 원래 외로움이란 감정에 익숙했다. 신강의 전장에서도 늘 외로움이란 감정을 안고 살았다. 한데 그 외로움과 최근의 외로움은 근본적으로 다른 점이 있었다.

'희망이 있고 없고의 차이이지.'

그가 살아가면서 겪은 외로움은 희망이 있는 외로움이었다. 돌아갈 곳이 있고 기다려 줄 사람이 있다는 외로움이었다. 하지만 최근의 외로움에는 그런 게 없었다. 자해를 느낄 정도의 막다른 외로움이었다.

원인을 찾아야 했다. 이런 감정에 자꾸 젖어드는 것은 필경 이유가 있을 터였다.

그는 일어나 창으로 다가섰다. 고정된 작은 창이기에 시야는 한정되어 있었다. 그 한정된 공간 안에 건너편의 또 다른 사망탑이 있었다. 탑의 정상에서는 불빛이 보였다. 그곳에도 조련 중인 자객이 있다는 뜻이었다.

'굳이 탑을 만들어 정상에 숙소를 만든 이유는?'

여러 이유 중에는 세상과의 격리라는 점도 있을 것이다. 탈출이 원천적으로 불가능한 곳. 그러면서도 바깥세상을 내다볼 수 있는 곳. 어쩌면 외로움을 극대화시키기 위해서 이런 시설을 만든 것인지도 모른다.

'왜? 수련자에게 고독을 겪게 하는가? 혹시?'

"사망탑의 백일조련은 자기 자신과의 싸움이며 고독과의 싸움이에요. 당신은 그 기간 동안 대인 접촉을 일절 못해요. 아마 무척 외로움을 느끼게 될 거예요."

일전에 소유진이 그렇게 말했다. 그땐 그냥 흘려들었는데 이제 돌이켜 보니 이 모든 게 무공의 성취와 관련된 일일 수 있었다. 답답한 것은 의문이 있더라도 확인해 볼 수 없는 처지라는 점이었다. 그는 원탑 안에 갇혀 있고, 그에게 도움을 줄 사람은 아무도 없었다. 신세가 새삼 처량하고 한심하다. 어쩌다가 이렇게 홀로 된 생활을 하게 되었을까? 앞으로는 또 어떻게 살아가야 할까.

"응?"

문득 그는 인상을 찌푸렸다. 자신도 모르는 사이에 또 외로운 감정에 젖어들었다.

그는 탁자로 돌아가 조련실에서 가져온 검을 손에 들었다.

스극!

검으로 손목을 그었다.

한줄기 피를 흘려내자 울적한 심정이 조금은 진정됐다.

"동심맹을 믿으면 안 돼. 처음부터 되돌아봐야 돼. 의심하고 또 의심해서 대처해 나가야 돼. 여기엔 나 외에 아무도 없어. 난 혼자야. 철저히⋯⋯. 응? 제길!"

그는 다시 칼을 들고 손목을 그었다. 고독이 순간순간 찾아오고 있었다. 이젠 이런 감정에 젖어드는 자신이 섬뜩하게 느껴지기까지 했다.

대책을 마련한다고 밤을 꼬박 새웠다. 그러는 사이에 손목의 검흔은 아홉 개로 늘어났다.

열 번째로 손목에 그을 때 그는 문득 검날에 힘을 주며 중얼거렸다.

"어렵게 생각하지 말자. 어차피 누구나 죽는 세상. 좀 더 일찍 떠나면 그만 아니겠어."

사망탑 삼십일 일.

담사연은 밤을 벌겋게 새운 눈으로 조련실에 들어섰다. 늘 그랬듯 수련 단상에 올랐고, 등사심법을 먼저 운기했다. 전날과 다른 점이라면 운기의 순서를 엉망으로 돌렸다는 것이다.

"으윽."

악문 신음이 흘러나왔다. 내장이 조각조각 찢어지는 것 같았다. 그리고 좀 있어 그를 아연하게 만드는 현상이 발생했다. 그의 의지와 상관없이 등사의 진기가 원래의 순서대로 정확히 돌고 있었다. 심법의 수련을 망치겠다는 그의 의도는 이로서 완전히 무산되어 버렸다. 아니, 오히려 부작용만 불러왔다.

"하아, 하아!"

등사의 진기가 일주천된 이후, 그는 비정상적인 정신 상태에서 검을 들고 일어나 월광초식을 연마했다. 발검과 출검, 행검의 초식 순서는 당연히 엉망이었다. 팔검동상이 웅웅댔다. 그러더니 수련장 좌우에서 요란한 종소리가 울렸고, 곧이어서 왕위청이 다급한 얼굴로 조련장에 뛰어올라 왔다.

"야랑, 멈춰!"

왕위청이 담사연의 등에 강맹한 장력을 날렸다.

담사연은 장력에 타격되어 바닥에 쓰러졌다.

조련은 강제로 중단됐다.

상부 보고에는 야랑이 극심한 심마에 빠졌다고 이유를 밝혔다.

사망탑 삼십이 일.

담사연은 어제의 실수를 되풀이하지 않았다.

조련장으로 내려온 그는 심법과 검법 수련을 정상적으로 마친 다음 사 층 숙소로 올라갔다.

인위적으로 수련을 망치는 방법은 안 통했다.

그렇다면 이젠 고독이라는 감정의 괴물과 정면으로 맞서는 수밖에 없었다.

숙소에 들어선 그는 일단 검을 침상 밑에 깊숙이 숨겼다. 생각해 보니 이건 그에게 아주 위험한 무기가 될 수 있었다. 대신 탁자에 바늘을 놓아두었다. 혹시 몰라 바늘은 끝부분을 제외하고는 몸통 전체를 실로 두툼하게 감았다.

손목을 찌를 바늘을 준비한 후에는 사물함에 구비되어 있는 붓과 종이를 꺼냈다. 그런 다음, 각각의 종이에 정신을 각성시킬 수 있는 단순한 낱말을 적어 넣었다.

—속지 마!

—정신 차려!

—차라리 웃어!

—형이 지켜보고 있어!

마지막 글, '형이 지켜보고 있어'는 잠깐 생각해 보고 찢어 냈다. '형'이란 단어가 외로움으로 연결될 소지가 있었다. 그

글의 대체 용어로는 '마상담'을 적었다. 마상담은 신강의 전장에서 동료들의 고민을 긍정적인 사고와 기발한 말솜씨로 해결해 주었던 상담 전문의 전우다. 그 인간을 생각하면 웃음부터 나오게 되어 있었다.

그는 적어놓은 글을 원탑 벽면의 동서남북 사방에 붙였다.

"큭큭."

그는 벽면을 돌아보며 키득거렸다. 솔직히 유치하기 짝이 없는 일이다.

시간이 흘러 점차 날이 어두워졌다.

그는 창으로 다가섰다.

저물어가는 석양의 빛이 원탑으로 은은히 스며들고 있었다.

"응?"

그는 석양을 감상하다 말고 문득 눈매를 좁혔다.

무언가가 날아오고 있었다.

힘찬 날갯짓.

백설처럼 눈부신 조류.

비둘기 한 마리가 그가 갇혀 있는 원탑의 창으로 날아들었다.

"아!"

그는 기쁨의 탄성을 토했다.

원탑 안에서 다른 대상과 접촉한 것은 처음.

사람이 아님에도 너무나 반가웠다.

그는 창에 도착한 비둘기를 향해 손을 내밀었다.

비둘기는 아무런 두려움 없이 그의 손바닥 위로 올라왔다.

"녀석, 예쁘게 생겼네."

비둘기가 고개를 끄덕였다. 뽐내듯 몸통까지 우쭐댔다.

"하하! 이놈 봐라? 말귀도 알아듣네?"

그는 비둘기를 손바닥에 올린 상태에서 탁자로 향했다. 먹이로 줄 만한 것은 없지만 마실 물은 있었다. 그는 물병을 들어 탁자에 조금 부었다. 그러자 비둘기는 손바닥에서 냉큼 뛰어내려 탁자의 물을 쪼아 마시기 시작했다.

"어라?"

흐뭇한 심정으로 비둘기를 바라보던 그는 한순간 눈을 빛냈다.

비둘기의 왼쪽 다리에 무언가가 붙어 있었다.

가까이서 확인해 보니 곱게 접혀진 종이, 편지에 주로 쓰이는 서간지였다.

'전서구인가?'

그는 비둘기 다리에서 종이를 분리해 펼쳐 봤다.

사랑을 택하자니 무인의 삶이 서럽고,

무인의 명예를 택하자니 내 사랑이 가련해지는구나.

사랑과 명예 둘 중에 하나.

스물넷 여인의 원초적인 고민을 풀어주실 분,

누구 없나요?

태화(太和) 팔 년 칠월 십사 일. 이추수 올림.

여인의 필체로 여겨지는 글이 그곳에 적혀 있었다.

서체는 수려하고 담백해서 제법 글공부를 한 것 같은데 그
내용은 성인 남자가 읽기에 좀 거북할 정도로 유치했다.

"사랑과 명예라……. 행복한 고민을 하고 있군."

그는 전서를 다시 접어 비둘기 다리에 매달았다. 주인이 있
는 전서구일 수 있었다. 전서를 훔쳐본 것으로 만족해야 했
다.

시간이 흘러 사망탑이 밤으로 물들었다. 어김없이 우울한
감정에 젖는다. 그는 그 감정을 떨쳐내고자 실내 중앙에서 팔
굽혀펴기에 열중했다. 백 개를 넘겨 천 개가 다다랐지만 울적
한 기분은 쉽사리 지워지지 않았다.

그는 일어나 이번엔 노래를 꽥꽥 불렀다. 가사는 부정확했
다. 어차피 볼 사람도 없고 들어줄 사람도 없으니 그냥 생각

나는 대로 소리쳐서 불렀다.

그렇게 한 식경을 넘어 반 시진에 이르렀다. 이젠 더 부를 노래도 없고 그럴 의욕도 없다. 그는 한숨을 내쉬며 바닥에 주저앉았다.

"휴우, 이게 정말 뭐 하는 짓인지……."

원탑에 갇혀 미친 짓을 하고 있는 신세가 새삼 처량했다. 그는 될 대로 되라는 심정으로 바닥에 드러누워 눈을 감았다. 형의 모습이 제일 먼저 떠오른다. 어디에 있을까? 무엇을 하고 있을까? 살아 있기는 한 것일까?

"아!"

그는 벌떡 일어났다. 그리고 벽면의 종이를 하나씩 돌아보며 큰 소리로 읽었다.

"속지 마! 정신 차려! 차라리 웃어! 마상담! 상담? 하하하하!"

'마상담'이 적힌 종이를 보며 그는 크게 웃었다. 긍정의 사나이, 부정을 모르는 사나이, 희망을 주는 사나이. 마상담은 그에게 그런 존재였다.

그는 탁자를 문득 돌아봤다. 전서구는 아직 돌아가지 않았다. 마상담의 일화가 떠오른다. 연인을 두고 전쟁터로 팔려온 하북 촌놈 팽욱과의 인생 상담이다.

"야, 사랑을 택하자니 돈에 울고 돈을 택하자니 사랑이 운다. 어떻게 해야 되냐?"

"간단해. 돈 많은 과부를 꾀어."

그는 탁자로 돌아가 앉아 전서구의 종이를 분리해 냈다. 그런 다음 붓을 들어 전서의 뒷장에 답장을 작성했다.

초면에 참견하는 것이 예의는 아닌 줄 알지만,

당신과 비슷한 문제로 고민을 했던 옛 지우의 일이 있었기에 이렇게 붓을 듭니다.

사랑만큼 무인의 명예도 소중하지만 명예를 얻기 전에 이미 꽃피운 사랑이라면 그 사랑은 어떤 명예보다도 더 가치가 있다고 판단됩니다. 그러니 그런 경우라면 주저 말고 사랑을 택하세요.

하지만 만약 사랑이 꽃을 피우지 못한 상태라면, 그땐 무림 명가의 제자를 당신의 사랑 대상으로 삼으십시오.

개인적으로 소림사의 제자를 적극 추천합니다.

원탑 담사연.

답장을 완성하고 새로이 읽어보니 낯이 괜히 뜨거웠다. 빈

약한 내용에 수준도 원래의 전서나 별 차이 없이 유치했다. 보낼까 말까 망설이던 그는 피식 웃으며 답장을 전서구의 다리에 매달았다. 장난으로 시작한 일인데 뒷일 따위는 걱정할 필요가 없었다. 게다가 어디서 왔는지도 모르는 전서구이거늘 제대로 전달된다는 보장도 없었다.

푸르르륵.

답장이 매달리자 전서구가 힘차게 날아올랐다. 그리고 창을 통해서 야공 속으로 사라졌다.

"녀석, 좀 더 있다가 가지."

전서구가 떠나자 왜인지 모르게 섭섭한 심정이 들었다. 그는 이것도 등사심법의 영향이리라 여기고 탁자에 놓인 바늘로 손목을 깊이 찔렀다.

아침이었다.

그는 잠을 설친 눈으로 조련 준비에 나섰다.

손목에는 열아홉 개의 바늘 자국이 새로이 생겨나 있었다.

사시의 범종이 울리고 그가 조련실로 내려가고자 할 때였다.

푸드드득!

어제의 그 전서구가 창으로 날아들어 탁자에 안착했다.

전서구의 다리에는 새로운 전서가 매달려 있었다.

그는 묘한 기대심에 전서를 풀어 펼쳐 봤다.

누구세요?

뭐하시는 분인데 남의 진지한 인생 고민을 유아적 수준의 사고로 참견하고 계십니까.

무림 명가의 제자를 꾀면 된다고요?

시집도 안 간 버게 소림사 땡중을 추천한다고요?

하! 기가 막혀!

경고하는데, 당신 버 눈에 보이시면 그날이 제삿날입니다.

태화 팔 년 칠월 십오 일. 이추수.

사망탑 삼십삼 일.

조련실에서 수련하던 담사연은 문득문득 실소를 머금었다. 등사심법의 운기가 그 때문에 여러 번 중단되었는데 수련의 부작용은 아니었다. 그는 수련과 상관없이 오늘의 그 당돌한 답장 생각에 종일토록 마음이 가벼워져 있었다.

'후후, 유아적 수준의 사고라고? 잡히면 죽는다고? 당돌해. 시집을 안 간 아가씨가 정말 맞긴 한 거야?'

아침에 전서를 받았을 때 그는 한편으로 기가 막히고 한편으로는 조금 미안한 감정도 들어서 답장을 새로이 적었다. 물론 이번엔 정중한 사과를 곁들인 내용으로 작성해서 보냈다.

이추수 님,

장난으로 보였다면 죄송합니다.

솔직히 저는 제 답장이 당신에게 전달되리라고는 예상을 못했습니다.

그냥 누군가의 넋두리를 적은 것이라 생각하고 가벼운 심정에 답장을 적어 보낸 것이었습니다.

그리고 소림사의 제자란 승적에 오르지 않은 명문가 출신의 속가 제자를 의미했던 것입니다. 제가 그만 멍청하게도 '속가'란 용어를 빼먹고 답장을 보냈더군요.

아무튼 저의 글로 인해 기분이 상하셨다면 정중히 사과드립니다.

참, 이런 물음을 하면 실례일지 모르겠지만, 정말 이십 대 여성 분이 맞습니까?

필체로 보면 여성의 것이 맞는데 그 내용은 이십 대 여성으로 보기에 조금 과격한 것 같아서요.

원탑 담사연.

조련을 마칠 시각을 앞둔 지금, 그의 뇌리엔 한 가지 생각밖에 없었다.

과연 답장이 도착했을까? 이번엔 또 어떤 내용이 담겨 있을까?

이 때문에 그는 술시를 알리는 범종이 울리자마자 조련장을 뒷정리도 하지 않고 곧바로 사 층 숙소로 향했다.

구구구구.

숙소의 문을 열자 전서구가 기다렸다는 듯 반가운 날갯짓을 하며 그에게 날아들었다.

답장은 물론 있었다.

당신의 사과를 받아들이겠어요.

생각해 보니 당신 입장에선 그렇게 답장을 적어 보낼 수도 있겠더군요.

하긴, 저 역시 애초에 답장을 기대하고 유월이를 날려 보낸 것은 아니에요.

유월이는 전서구의 이름이에요.

유월에 제 방 창문으로 날아들어 왔기에 이름을 그렇게 붙여주었죠. 말귀를 알아듣는 똑똑한 아이인데 보시거든 잘해주세요.

참, 여성이 맞느냐고 물어보셨는데, 저 이십 대 여자 맞아요.

이 나이 먹도록 남자랑 뒷산에 한 번 안 올라가 본 이 시대의 살아 있는 진짜 처녀죠.

저 혼자 밝히기 찜찜한데 우리 이참에 신상 까기로 하죠?

난 직업이 남달라서 신분이 불확실한 사람하고는 교류를 잘 하지 않아요.

그럼 저부터 밝힐게요.

성별—여성, 미혼.

나이—스물넷.

이름—이추수.

고향—호남성 악양.

직업—무림맹 호남지부 순찰포교.

좌우명—꺼진 불도 다시 끄자. 완전히 끝을 보기 전엔 끝난 게 아니다.

신상 기재는 되도록 간결하게, 그리고 어차피 조사하면 다 드러나니까, 나중에 후회할 일 만들지 말고 진실적으로 작성해 주시기 바랍니다.

그럼 답장 기대할게요.

태화 팔 년 칠월 십오 일. 이추수 올림.

"네 이름이 유월이니? 호남성이리면 강남인데 꽤나 멀리서 날아왔구나."

사망탑의 정확한 위치를 모르기에 유월이 얼마나 먼 거리를 왕복하는지는 알 수 없다. 다만 전서구의 하루 이동 거리를 판단해 볼 때 장강 인변의 강북 지역에 사망탑이 위치해 있는 것 같다.

그는 유월이 마실 물을 탁자 그릇에 담아주고 붓을 들었다.

"신상을 까자? 포교라고 하더니 전문 용어인가? 뭐, 내키지 않지만……."

꼐 사파를 받아주신 것에 대해 감사를 드립니다.

서로의 신분을 밝히자고 하셨는데, 꼐가 지금 무림의 특수 임무를 수행하고 있기에 마음대로 신변 사안을 밝힐 수가 없는 상태입니다. 그래서 알려줄 수 있는 부분만 일단 먼저 작성하겠습니다. 아! 기재 형식은 꼐가 잘 몰라서 추수 님의 것을 기본으로 하여 사용했습니다.

성별—남성, 미혼.

나이—스물넷.

이름—담사연.

고향—감숙성 난주.

직업—정파 무림 특수 부대.

좌우명—두 번은 없다. 한 번에 확실히 끝내자.

어때요?

이 정도면 기본 신상은 증명되는 건가요?

더 궁금한 점이 있다면 어렵게 생각 말고 물어보세요.

원탑 담사연 드림.

    답장은 가벼운 심정으로 적었다. 특수 임무를 수행 중이라고 적었을 때는 괜히 멋쩍어 웃기까지 했다.

    완성된 답장을 유월이의 다리에 매달았다. 유월이 날아올라 창을 통해 사라졌다. 초저녁에 보낸 글이다. 어쩌면 잠들기 전에 새로운 전서를 받아볼 수 있을지도 모른다.

    자정 무렵 그의 기대는 현실이 되었다.

    유월이 전서를 매달고 창으로 날아들었다.

    또 어떤 내용이 적혀 있을까?

    그는 진한 호기심 속에서 전서를 펼쳐 봤다.

우리가 원수 관계도 아니고, 근친으로 괴로워하는 연인 관계로 발전할 것도 아닌데 신상 공개는 그 정도면 되었다고 봐요.

무림 정파의 특수 조직에서 일하신다고 했죠?

그러고 보니 우린 동종의 업계에서 종사하고 있네요.

요즘 강호의 치안이 엉망인데 돌발사 없이 무사히 임무 마치시길 바랍니다. 건승!

추신.

올해 스물넷이라고 하셨는데 그럼 저랑 동갑이네요.

혹시 몇 월에 태어나셨어요?

"하하!"

그는 전서를 읽던 도중 소리 내어 웃었다.

근친으로 괴로워하는 연인 관계.

그로선 꿈에서도 이런 비유의 문장을 떠올리지 못한다.

"성격이 맹랑한 거야, 글재주가 맹랑한 거야?"

그는 유쾌해진 심정으로 답장을 적었다. 새벽이 오려면 아직 한참 남았다.

답장을 빨리 보낸다면 아침나절에 한 통의 전서를 더 받아볼 수 있을 터다.

십일월 생일입니다.
동짓날에 태어난 터라 생일은 거의 잊어먹지 않고 살아갑니다.
한데 그건 왜…….

유월이를 날려 보낸 후, 그는 창을 통해 야공을 바라봤다. 자해를 느낄 정도로 울적한 심정에 젖어드는 것은 변함없지만 적어도 한 가지 점에서만큼은 전날의 밤과 이 밤의 감정이 달랐다. 아침이면 기대할 무언가가 있다는 것. 그에게도 이젠 소통의 대상이 생겼다는 것이다.

날이 밝았다.
그는 기지개를 켜며 눈을 떴다.
몸은 개운하고 정신은 맑다.
실로 오랜만에 잠 같은 잠을 잤다.
"어, 언제 왔어?"
탁자엔 전서를 매단 유월이 도착해 있었다.
그가 손을 내밀자 유월이 그의 손등으로 날아들었다.
그는 침상에 드러누운 채 느긋하게 전서를 펼쳐 봤다. 아니, 처음엔 그런 자세로 편지를 읽어보려고 그랬다.

동생 보아라.

아무리 공맹이 잡서가 되고 반상의 제도가 개소리가 되는 시절이 도래했다지만 웃어른을 공경하고 선배를 하늘처럼 받들어 모시는 경로의 사상은 시대를 불문하고 이 사회를 굳건히 지켜온 근원적 힘이 아니었겠느냐.

이 누나는 올해 스물넷 일월 삼 일 생으로서, 일찍이 모친이 조금만 더 일찍 아랫배에 힘을 주었더라면 나이 한 살을 더 먹고 세상으로 나왔을 그런 사연 많은 여인이다.

하니 사연 동생은 새겨들어라.

같은 스물넷 나이이지만 너와 나의 차이는 실로 바다처럼 깊고 하늘처럼 높다.

밥을 먹어도 이 누나가 너보다 구백 그릇은 더 비웠고, 응가를 해도 삼백 번은 더 이 땅에 양분을 주었다.

따라서 너는 이제부터 잔말 말고 이 누나를 인생의 웃어른으로서, 사회의 선배로서 청성을 다하여 깍듯이 모셔라. 이 누나, 사실 무서운 사람이다. 주변에 아는 조직도 많다.

그러니 앞으로 반말을 하거나 쓸데없이 개기면 지옥 끝까지 추적해서 응징한다. 알겠냐, 담사연?

태화 팔 년 칠월 십육 일. 이추수.

그는 침상에서 벌떡 일어났다. 그리고 창으로 뛰어가 밖을 내다보며 소리쳤다.

"후아! 이추수 너! 대체 정체가 뭐야! 뭐하는 여자야!"

8장

왜곡된 시공

　남동생 삼겠다는 충격의 전서를 받은 후 담사연은 답장을 적어 보내지 않았다. 고작 스물네 살 먹은 여자에게 인생의 선배, 누님, 그런 말을 듣다니 기가 막혔다. 아닌 말로 신강의 전장에서는 열 살 차이가 넘는 무인들과도 친구처럼 지냈다.

　"미쳤어. 사망탑의 외기러기가 되고 말지, 그 짓은 못해."

　그러나 그의 그런 생각은 이틀 동안 혼자가 되어본 후 다시 바뀌었다. 소통이 단절된 밤의 시간을 맞이해 보니 이전보다 고독의 심정이 배는 더했다. 침상 밑에 숨겨둔 검을 꺼내어 자해 직전까지 이르렀을 정도다. 이렇게 더 심해진 이유는 잘 모르지만 한 가지는 확실했다. 전서를 끊으면 이젠 그의 목숨도 같이 끊을 각오를 해야 한다는 것이었다.

상황이 이렇게 되자 담사연은 이추수가 원하는 대상이 되어주기로 마음먹었다. 생각해 보면 서로의 관계 설정 같은 것은 글의 장난에 지나지 않았다. 어차피 만나지도 못할 건데 누님이면 어떻고 이모면 또 어떠할까.

그는 늦은 밤, 편지를 작성해 보냈다.

추수 님에게.

글의 버릇이 상당히 거칠더군요.

그래서 괜한 두려움에 망설이다가 이렇게 뒤늦은 답신을 올립니다.

어른을 공경하란 것에는 아무런 불만이 없습니다. 저 또한 자랑은 아니지만 이제껏 웃어른에게 예의범절을 모른다고 꾸중을 들은 적이 없습니다.

다만 추수 님이 주장하신, 우리의 선후배 관계는 조금 고려를 해보아야겠습니다. 아직 글로만 오갈 뿐 서로에 대해서는 아무것도 모르고 있습니다.

후일 추수 님의 나이가 확실하고, 웃어른으로서 모범이 되는 그런

분이 맞다고 판단된다면 그땐 제가 정식으로 추수 님을 인생의 선배
로, 또는 누님으로 모시겠습니다.

나름 공손하게 적은 글이기에 이추수의 정중한 반응을 조
금은 기대했다. 그런데 답장을 받아 보니 이젠 대놓고 반말에
다가 누나라는 호칭을 꺼림 없이 사용하고 있었다.

야, 담사연!
글 좀 험하게 적었다고 해서 사내가 그깟 일로 쪼냐?
이 누나, 직업 탓에 언변은 좀 거칠어도 인간성은 좋으니까 안심해
라.
나중에 밥 한번 먹자. 이 누나가 멋지게 한번 사마.
참, 너, 기거하는 곳은 어디냐?
태화 팔 년 칠월 십구 일. 이추수.

각오도 하고 적응도 된 터라 담사연은 전서 내용에 일희일
비하지 않았다. 솔직히 숨겨둔 여인과 비밀의 연을 이어나가
는 것처럼 쏠쏠한 재미도 있었다.

강북이라고 판단될 뿐 정확한 위치는 저도 잘 모릅니다.

눈을 가린 채 이곳에 들어왔거든요.

현재 제가 머물고 있는 곳은 사망탑이란 곳입니다.

명칭 이외에 세세한 사안은 조직의 기밀이라 말해드릴 수 없습니다. 이해 바랍니다.

추신,

편지 끝에 '태화 몇 년'이라고 자꾸 적으시는데 그건 뜻이 뭔가요?

추수 님이 소속된 무림 단체 명칭인가요?

사망탑 삼십육 일.

원탑 생활이 어느덧 한 달을 훌쩍 넘겼다. 이제 담사연의 첫째 관심사는 검공 수련도 아니고 밤의 고독을 떨쳐내는 것도 아닌, 이추수와 연락을 주고받는 그 전서 놀이에 있었다.

꺼림칙한 점이 하나 있다면 오가는 전서 속에서 서로에 대해 많은 것을 알면 알수록 두 사람 간에 무언가 맞지 않는 현실의 괴리가 있다는 것이었다.

특히 태화의 뜻을 물어보았던 이번의 전서에서 그런 점이 더욱 두드러졌다. 이전의 전서에서 이추수는 자신의 직업을 무림맹의 순찰 포교라고 적었다. 그땐 착각으로 인한 단순한 오타라고 여겼는데 이번의 답장을 보니 오타가 아닌 게 확실했다.

태화가 무슨 뜻인지 정말 몰라?

중원 무림 연합 무림맹 출발을 기념하고자 무림에서 사용하는 연호잖아.

태화 팔 년이란 건, 즉 다시 말해 무림맹이 탄생하고 팔 년이란 세월이 지났다는 뜻이야.

한데 이걸 왜 모르지?

동네 왈패들도 기본적으로 알고 있는 사안인데…….

태화 팔 년 칠월 이십일 일, 이추수.

전서에 무림맹이 또 거론됐다. 강호에 무림맹이란 조직은 없었다.

그리고 그가 알기로 무림맹이란 단체 이름은 함부로 사용해서도 안 되는 것이었다. 그는 답장에서 이 점에 대해 명확히 물어봤다.

태화가 무림맹 탄생 연호라니요?

나는 추수 님의 말이 무슨 뜻인지 도무지 모르겠습니다.

정파와 사파가 통합된 무림맹이 대체 언제 만들어졌지요?

혹시 누님은 동심맹을 무림맹으로 착각하고 있는 것이 아닙니까?

동심맹이라니, 너야말로 무슨 헛소리야?

동심맹은 십오 년 전에 활동했던 정파 무림 단체야.

정확히는 정파와 사파의 칠년전쟁 후 무림 연합에 의해 강제 해산
된 단체야.

이거 의심스러운데······.

너 진짜 무림 정파의 특수부대 소속 맞아?

의문은 이제 짜증으로 변해갔다. 서로 만나지 못한다는 점
을 악용해 그를 농락한다고 여겨졌다. 어쩌면 이전에 밝힌 신
상 명세도 전부 거짓일 수 있었다.

이추수 님.

장난이시면 이쯤에서 그만두시죠.

저는 거짓말을 할 이유도, 거짓으로 당신을 놀릴 생각도 없습니다.

자꾸 그러시면 앞으론 누님이란 용어도 사용하지 않겠습니다.

지금 창밖으로 눈이 내립니다.

칠월이란 점을 감안할 때 이상 기온에 의한 현상 같은데 내리는 양이 엄청나네요.

혹여 누님이 계신 곳에도 눈이 내린다면, 이 눈으로 장난의 심정이 조금은 정화되길 바랍니다.

답장은 이틀 후에나 도착했다. 사과의 글을 원했던 그의 기대와는 다른 답신이었다. 이추수는 문제의 심각성을 뒤늦게 깨달은 듯 상당히 진지해진 내용으로 전서를 보냈다.

여긴 눈 같은 것 내리지 않아. 햇살만 쨍쨍해.

혹시나 해서 무림맹 강북지부를 연통해 눈이 내린 지역이 있는가 물어봤어.

덕분에 대륙 곳곳에서 미친년 취급 받았지.

칠월에 어떻게 눈이 내리냐고…….

네가 장난으로 날 놀려먹는 것이 아니라면 이건 정말 이상한 일이야.

기록에 의하면 십오 년 전 어제와 오늘, 산서성 북부 지역에 이상

기온으로 인한 첫눈이 내렸어.

여름에 눈이 내린 것도 신기한 일인데, 그 양이 무림 기록에 남을 정도로 엄청났어.

이틀간의 폭설로 인해 사망자가 물경 일천 명에 이르렀지.

의문스러운 건 어떻게 네가 그것을 알고 있지?

날짜까지 정확하게?

난 네 말에 설마 해서 두 시진 동안 무림 역사 서고를 탈탈 뒤져 겨우 기록을 찾아내었는데 말이야.

너 정말 십오 년 전의 과거에서 내게 편지를 쓰는 거야?

현 시점에서까지 이추수가 장난을 치고 있다는 생각은 들지 않았다. 그렇다면 문제점을 심각히 되돌아봐야 했다. 갑작스럽게 원탑으로 날아든 전서구. 왜, 언제, 어디서, 어떤 물음에서도 답을 찾을 수 없다. 유일한 사실적인 답이라면 이추수가 전서를 보냈고, 그 전서구가 그를 찾아왔다는 것이다.

그는 전서구를 돌아봤다. 녀석은 초롱초롱한 눈으로 그를 바라보고 있었다. 장거리 비행에 지친 모습은 전혀 없었다. 그는 생각나는 사안이 있어 편지를 적어 보냈다.

뭐가 뭔지 잘 모르겠지만, 추수 님의 반응으로 보아 거짓이나 장난은 아니라고 판단됩니다.

십오 년의 시공을 건너간 편지.

휴, 어렵군요.

정말 이게 가능한 일인가요?

참, 심각한 의문은 또 있습니다.

추수 누님의 답신으로 보아 제가 있는 곳은 산서성 북부 지역입니다.

누님이 있는 곳은 호남의 악양. 그렇다면 유월이가 삼천 리도 넘게 날아서 하루에 두세 번씩 전서를 배달했다는 것인데, 이건 상식적으로 절대 가능하지 않습니다.

유월이도 불가사의한 존재입니다.

누님 생각은 어떠십니까?

전서를 날린 후 이런저런 생각을 하며 시간을 보내던 자정 무렵, 유월이 이추수의 전서를 매달고 원탑으로 들어왔다. 이추수의 전서에는 한숨을 푹푹 내쉬는 여자의 모습만 그려져 있을 뿐 글은 한 자도 적혀 있지 않았다. 이추수 역시 이 문제에 대해 어떤 해석도 할 수 없다는 뜻일 것이다.

침상에 누웠다. 잠은 오지 않고 의문만 계속 머리에 맴돌았다. 그렇게 거의 뜬눈으로 밤을 보내던 도중 그는 문득 인상을 구기며 일어나 탁자에 앉았다. 의문을 풀어내는 해석이 아닌, 의문 이전에 이추수와 자신의 관계에 대해서 재설정을 해야 할 필요가 있었다.

불현듯 생각난 것이 있어 다시 글을 올립니다.

우린 스물넷 동갑이라고 했는데 이거 따져 보니 영 셈이 안 맞더군요.

십오 년의 세월이 지나면 전 그곳 나이로 서른아홉이 됩니다.

스물넷 아가씨와 서른아홉 살의 남자.

오빠, 동생이라고 하기에도 어색하기 그지없는 나이 차입니다.

추수 님처럼 굳이 경로의 사상을 말하며 밥그릇 숫자와 응가 횟수를 거론하진 않겠습니다.

앞으로는 저를 삼촌이라고 부르십시오.

알았냐, 이추수?

사망탑 삼십구 일.

조련에 나서기 전 유월이 숙소로 날아왔다.

전서를 펼쳐 보니 혀를 쏙 내민 여자 모습의 그림 아래에 짧은 글이 적혀 있었다.

흥! 남자가 한 입으로 왜 두 말을 해요.
일수불퇴입니다!

9장

무림칠대불가공법

지금!

자객 야랑에 관한 수사는 이 시각 이후로 중단한다.

보안 등급 현문(玄門) 특급이 아니고선 담사연의 주변 인물과 접촉도 불허한다.

명을 따르지 않는 동심맹 소속 수사관은 직위 고하를 막론하고 엄벌에 처한다!

—천기당주 조순.

감숙성 난주의 동심맹 안가(安家)로 향하던 중정당 수사실장 구중섭에게 천기당의 긴급 서신이 배달됐다. 수사 중인 사건이 외압에 의해 강제로 중단되는 것은 흔치 않는 일. 서신을 받은 구중섭은 진로를 놓고 심각히 고민했다. 중정당은 동심맹에서 독립적인 수사 권한을 갖고 있었다. 연맹의 규정만 놓고 보면 천기당주라고 한들 중정당 수사에 함부로 관여할 수 없었다.

고민하던 구중섭은 난주 안가로 향하던 걸음을 일단 유지했다. 현장에 나와서 수사를 하고 있는 중이었다. 나중에야 어찌 됐든 중정당의 수사실장으로서 현장 직무에 최선을 다한다는 생각이었다.

"죄송합니다. 구 실장님이 요청하신 증인 담사후는 청성당 사건에 관련된 주요 인물입니다. 상부의 명에 의해 증인 접견이 불허됩니다."

난주 안가에 도착한 구중섭은 그곳의 책임자에 의해 수사가 저지됐다. 예상했던 일이지만 구중섭은 쉽게 물러서지 않았다.

"심문이나 조사는 하지 않겠소. 증인의 현재 상태만 잠시 지켜보고 가겠소이다."

"죄송합니다. 그것도 허락되지 않습니다."

"동심맹 중정당 수사 책임자가 바로 나요. 증인의 상태조차 확인하지 못하고서야 어찌 무림의 강력 사건을 해결할 수 있다는 말이요. 반드시 증인을 만날 터이니, 이런 나를 주먹으로 막든 칼을 들고 막든 마음대로 하시구려."

구중섭은 막무가내로 뚫고 나갈 태세를 보였다. 그러자 안가 책임자는 잠시 고민하다가 길을 열었다. 아무리 상부의 명이라지만 현장에선 실무자의 활동이 더 우선인 것이다.

"먼 길을 온 구 실장의 노고를 생각해 내 특별히 접견을 허락하겠소이다. 접견 시간은 일각이니 그 안에 용무를 마쳐주시오."

"고맙소. 이다음에 중정당에 도움을 청할 일이 있으면 나를 찾아오시오. 내 오늘의 빚을 갚겠소."

증인과의 접견이 허락됐다.

담사후는 안가 심처의 침상에 시체처럼 누워 있었다. 일견하기에도 상태가 아주 심각해 보였다.

"언제부터 이랬지요? 일차 보고서에 의하면 아직 뇌사 상태는 아니라고 했는데……."

"안가로 실려 올 때까지만 해도 전신마비의 증세만 보일 뿐 증인의 의식은 살아 있었습니다. 한데 무슨 일인지 안가에 도착한 닷새 후에 저런 상태가 되어버렸습니다. 현재는 뇌사 직전의 의식 불명 상태입니다. 의원의 말에 의하면 특별한 조치가 없고서는 한 달을 넘기기가 어렵다고 합니다."

뇌사 상태의 담사후. 먼 길을 온 보람이 없다. 구중섭은 담사후 곁에서 일각 동안 머물다가 허탈한 심정으로 안가를 빠져나왔다.

중정당을 나올 때만 해도 구중섭은 사건 해결의 실마리를 잡았다고 생각했다. 그가 은밀히 조사한 바에 따르면 야랑의 사건에서 일부 의문 사안은 그의 형과 연관이 되어 있었다. 특히 망혼보에 관한 것은 그의 형 담사후를 개입시키면 문젯거리를 비로소 풀어낼 수 있었다.

대략 십칠 년 전, 섬서성의 한 가문에 무림 학사들을 깜짝 놀라게 한 천재가 하나 있었다. 그 천재는 학문이든 무학이든, 이전의 역사에서 난제로 불렸던 사안들을 재해석하고 재창조하여 문제의 답을 새롭게 창출해 내는 놀라운 능력을 선보였다. 그 천재를 접해본 유림과 무림의 인사들은 그 정도 능력이라면 훗날에는 불가공법마저도 풀어낼 수 있으리라 여겼다.

그러나 천재의 삶을 누군가가 시기한 듯 그 천재는 십이 년 전 가문이 불타는 불행한 사건으로 말미암아 강호에서 흔적이 완전히 지워져 버렸다. 가문이 불타던 날, 천재가 흉수의 칼에 맞아 죽었다고 하는 말도 있고, 흉악한 세상이 싫어 천재 스스로 영원히 은거했다는 설도 있다.

당시 그 사건을 일선에서 조사했던 포교가 바로 지금의 구중섭이었다. 그러기에 구중섭은 그 천재의 재능과 신변에 대해서 아주 잘 알고 있었다. 한편으로 그때의 사건이 구중섭이 해결하지 못한 첫 미제 사건이었기에 세월이 한참 흘러도 그 천재는 뇌리에 진하게 남아 있었다.

"이것도 운명인가? 형제가 두 번에 걸쳐 내게 미제 사건을 안겨주는구나."

안가를 나온 구중섭은 착잡한 심정으로 하늘을 올려다봤다. 담사후를 조사하면 십이 년 전의 그 미제 사건까지도 해결할지 모른다고 생각했는데 이젠 전부 공염불이 되어버렸다. 담사연은 죽음이 예정된 사망탑으로 떠나 버렸고, 담사후는 사망 직전의 몸 상태가 되어버렸다.

"휴우, 이제 어찌할까……."

구중섭은 길을 걸으며 앞으로의 진로에 대해 생각해 봤다.

길은 두 가지다.

편한 길은, 담씨 형제의 수사를 중단하고 중정당으로 돌아가는 것.

고된 길은, 중정당을 떠날 각오를 하고 난주로 가서 끝장 수사를 하는 것.

갈등 속에서 마음이 서서히 한쪽으로 기울었다.

구중섭은 중정당으로 복귀하지 않고 월인촌이 있는 난주 방향으로 길을 잡았다.

　　　　*　　　*　　　*

　사망탑 사십오 일.

　담사연은 시공을 역행해서 날아오는 전서구의 의문점을
도무지 풀어낼 수 없었다. 이추수 역시 마찬가지인데 그래서
두 사람은 이 문제에 대해 일단 의문 그대로 남겨두기로 의견
을 모았다.

　논란이 되는 사안은 두 사람의 관계 설정이었다.

　이추수는 현실 우선을 주장하여 자신이 누나라고 우겼고,
담사연은 그건 예의에 어긋나는 일이라며 삼촌으로 부르라고
주장했다. 티격태격하던 두 사람은 결국 서로를 존대하는 것
으로 타협을 보았다. 솔직히 목마른 사람이 우물을 찾는다고,
담사연이 일방적으로 양보를 한 것과 다름없었다.

　　불가에서는 인연의 소중함을 말함에 수연(隨緣)이라고 합니다. 사
　람과 사람 사이에 인연이 모이고, 그 작은 인연이 큰 인연이 되어 세
　상만사를 물결처럼 움직여 나간다고 하지요.

　　나는 우리가 이렇게 만나게 된 것도 큰 인연이라고 생각합니다. 원
　탑에 갇힌 저에게 추수 님의 글은 한 줄기 희망의 빛과도 같았습니다.
　비록 다른 세상에 머물고 있어 추수 님을 직접 만나 감사의 인사를 전

할 수는 없겠지만 저는 제 마음 안에 추수 님과의 인연을 천생의 은혜처럼 늘 소중히 담아두도록 하겠습니다.

　담사연 드림.

　사연 님!

　희망의 빛이라니요. 천생의 은혜라니요.

　과분한 찬사에 이 미천한 소녀는 그저 몸 둘 바를 모르겠습니다.

　철모른 스물넷 여인이 시간이 남아돌아 그저 불만을 끼적거려 본 잡글에 지나지 않습니다.

　부디 괘념치 마시기를……

　(우우! 사연 님!

　흉내 내어 글을 적어 보니 적응이 안 돼요.

　제발 그렇게 쓰지 말아주세요.

　그런 비유 글을 읽고 있자니 손이 막 오그라들어요.)

　평균적으로 하루에 두 번씩 전서구가 오갔다. 전서의 내용은 오가는 햇수가 많아질수록 서로 간에 진지하게 작성됐다. 존대를 하는 서법 탓도 있지만 이렇게 된 첫째 이유는 아무리 사소한 사안이라도 담사연이 이추수와의 나이 차이를 떠나서 깍듯한 예의를 다해 글을 적었기 때문이다.

이추수도 처음엔 담사연의 이런 글에 무척 어색해하더니 나중에는 적응이 되었는지 그녀 스스로 서법을 제법 갖추어 글을 보냈다.

성격과 버릇, 좋아하는 것과 싫어하는 것 등등 사소한 일상 생활을 묻는 과정이 한동안 이어졌다. 그러다가 자연스럽게 서로가 살고 있는 세상에 대한 물음이 이어졌다.

추수 님의 시대에선 정파와 사파가 무림맹으로 통합되었다는데 그렇다면 무림맹주는 누구인가요?

지금 제가 살고 있는 곳에선 무림맹주를 두고 사중천과 동심맹이 한창 경쟁을 벌이고 있거든요.

무림맹주는 창룡검주 송태원이에요. 무당파 속가제자 출신인데 사연 님이 살던 당시 무림에서는 명성이 거의 알려지지 않았던 인물이에요. 송 맹주는 정파와 사파의 치열했던 칠년전쟁의 후반기에서 무력이 아닌 덕으로 무림인들을 융합해 마침내 전쟁을 종식시켰죠. 송 맹주의 무림 업적에 대해 사연 님이 관심이 있다면 제가 따로 더 알아 볼 수도 있어요.

그렇게까지 수고해 주실 필요는 없습니다.

어차피 나와는 상관없는 사람들의 이야기입니다.

생각해 보면 나는 무림과 별로 맞지 않았던 것 같아요.

원래 꿈은 문사였는데, 자의와는 무관하게 칼을 들고 생활하게 되었죠.

이번 일을 무사히 마치면 그 후에는 몇몇 지인과 함께 무림과 상관없는 곳에서 조용히 살아갈 생각입니다.

이추수는 담사연에게 미래의 창과도 같았다. 그래서 담사연도 처음엔 솔깃한 심정으로 강호의 미래에 대해 이것저것을 질문했다. 하지만 시간을 두고 곰곰이 생각해 보니 미래를 안다는 것이 현재의 삶에 딱히 도움이 된다고 볼 수가 없었다.

미래를 안다면 현재의 대상은 그 운명에 영향을 받게 마련이다. 단적으로, 미래의 무림에선 송태원이 무림맹주라고 하는데 현 강호의 권력 구도에선 아직 이름조차 알려지지 않았다. 그런 사람을 현 시점에서 만난다면 어떤 식으로든 미래의 운명에 영향을 끼치게 될 것이다.

되도록 미래의 일은 묻지 않고 소통의 창으로만 이추수와 전서를 주고받으리라.

그는 그렇게 생각을 정하고 이추수와 전서의 연을 이어갔다.

사망탑 사십팔 일.

소통의 창으로만 전서의 연을 잇겠다는 담사연의 다짐은 오래갈 수 없었다. 미래의 창은 이미 열려 있었고, 그의 운명은 벌써 그것에 영향을 받은 상태였다. 능광검법 수련 과정에서도 그 미래의 창은 그의 성취에 큰 영향을 끼치게 되는데, 어쩌면 유동적일 수밖에 없는 삶을 타고난 것이 그의 운명일지도 모른다.

사망탑 사십구 일.

월광초식은 팔검동상 중 삼검동상의 초식까지 격파한 후 성취에 진척이 없었다. 그의 노력이 부족한 때문은 아니었다. 이추수와 전서를 주고받는 나날 속에서도 그는 조련장에서 꾸준히 등사심법과 월광초식을 연마했다.

문제는 삼검동상의 초식을 통관한 후로 등사심법의 운기와 출검의 초식이 원활히 연결되지 않는다는 것에 있었다. 억지로 연결하려 들면 기맥이 불규칙하게 요동치고 근맥이 마구 뒤틀렸다. 그리고 그런 날의 밤에는 칼을 입에 물어버리고 싶을 정도의 극심한 고독에 시달렸다. 이대로는 검공 성취가 불가능했다. 억지로 자꾸 수련하다가는 주화입마되어 무력 자체를 잃어버릴 수 있었다.

검공을 수련할 다른 방법을 찾아야 했다. 그러기 위해서는 검공에 관한 모든 것을 처음부터 되돌아봐야 했다.

사실 그는 이 검공에 대해 아무것도 모르는 상태에서 수련을 시작했다. 문제를 발생시킬 소지가 처음부터 다분했다는 것이다.

'어쩌면 동심맹에서도 이런 문제점을 사전에 알고 있었을지도……'

만약 그에게 소통의 창이 없었다면 문제점을 알고도 계속 수련할 수밖에 없었을 것이다. 하지만 지금은 상황이 달랐다. 그에게는 이추수라는 훌륭한 외부 조력자가 있었다.

그는 그날 밤, 이추수에게 이제까지의 대략적인 상황 설명과 함께 이 검공에 대해 좀 알아봐 달라고 전서를 보냈다.

등사심법과 월광초식이라는 것만 알 뿐 검공의 명칭은 아직 모릅니다.

검공을 수련하면 극심한 외로움에 사로잡히는데 이 또한 이유를 모릅니다.

수고스럽지 않다면 무림에 이러한 검공이 있는지 추수 님께서 좀 알아봐 주십시오.

등사심법의 뿌리가 되는 시의 원문은 이러합니다.

등불에는 심지가 없고, 밤하늘엔 달빛이 없다.

임은 강 건너에 있는데 나룻배엔 노가 없고……

*　　　　*　　　　*

이추수의 답장은 이틀 후에 도착했다.

걱정된 심정에서 작성한 듯 유려했던 필체가 이번엔 다소 거칠어져 있었다.

사연 님이 현재 수련하고 있는 검공은 능망검법이에요.

무림칠대불가공법 중의 하나인데 수련자를 극히 위험하게 만드는 검공이에요.

기록에 의하면 능망검법을 수련한 자들 중에서 정상적으로 삶을 마친 이가 없어요. 대다수 수련자는 수련 중에 극심한 고독에 빠져 실성을 하거나 자진을 하고 그중 극히 일부는 인지를 상실한 검귀가 되어 원기를 소진할 때까지 살행을 일삼게 돼요. 그래서 무림에서는 공식적으로 능망검법 수련을 금지하고 있어요.

능망검법은 자체적으로 연성되는 성질이 있어요. 삼성 이상 성취가 되면 그땐 수련자가 자의로 수련을 중단할 수도 없어요. 사연 님은 아직 거기까지 다다르지 않은 것 같으니 저의 전서를 받으시면 즉시 능망검법 수련을 중지하세요.

아무튼 동심맹에서 강호인들 모르게 그런 일을 벌였다니 실로 놀랍네요. 제가 그 과정을 따로 알아보겠어요. 누가 그런 살수 단체를 만들었는지, 목적이 무엇인지……

전서를 읽어보니 예상보다 상태가 더 안 좋았다. 그는 자진을 할 생각도 살귀가 될 생각도 없었다. 그런 무공을 수련할 바에야 무력이 부족하더라도 원래 그대로의 능력으로 자객의 일에 나설 터였다.

검공의 문제점을 알았으니 이제 남은 것은 문제를 풀어낼 방식인데 이 점에서는 이추수의 도움을 받을 수 없었다. 이추수의 시대는 십오 년 후의 미래. 그 시대에서도 불가능의 무공으로 불린다면 문제점이 아직 해결되지 않았다는 뜻이다.

그는 지푸라기라도 잡는 심정으로 불가능의 칠대무공에 대해 물음을 던져봤다.

추수 님.

무림칠대불가공법이라고 하셨는데 어떤 것들이 있는지 좀 알려주세요.

제가 무림 초출인 탓에 무림 역사에는 눈이 많이 어둡습니다.

그리고 능망검법에 대해서 조금 더 자세히 알아봐 주세요. 검공을 완성시킨 무인은 없었겠지만 실패의 역사도 많이 기록되었을 거라고 봅니다.

사연 님 보세요.

칠대불가공법은 일반적인 수련법으로 성취가 불가능한 일곱 가지의 무공을 말하는 것이에요. 출현한 시기는 제각각인데, 어떤 것은 천 년도 더 되었고, 어떤 것은 이백 년밖에 안 되었을 정도로 역사가 짧아요.

강호에는 이런 시가 있어요.

칼은 용자(龍子)의 무덤 안에서 불타고 있고,

검(劍)은 은자(隱者)의 노래 속에서 빛나고 있네.

대지를 가르는 권(拳)은 선인의 악한 심중에 있고,

하늘을 관통하는 창(槍)은 악인의 착한 심중에 있네.

눈을 홀리는 발자국은 망자의 영혼도 따라잡을 수 없으며,

가슴을 홀리는 꿈의 환영은 산 자의 영혼까지도 잠식하네.

오호, 많고도 많은 불가능의 법공.

그중에서 가장 위대한 법은 시공결(時空決)이라네.

사연은 심해처럼 깊고, 인연은 해와 달처럼 애달프니,

연자의 파거는 이제 미래가 되고, 미래는 또한 과거가 되네.

시구(詩句)에 등장하는 일곱 가지 불가공법은 이러해요.

불의 칼, 화룡도.

빛의 검, 능광검.

악신의 손, 악인권.

신선의 창, 선인창.

영혼의 움직임, 망혼보.

꿈의 그림자, 몽환영.

위대한 법, 시공결.

시구의 비유에서 보듯 불가공은 하나같이 절세 신공이에요.

불가공법을 성취한 자가 있을 경우 무림의 판도가 일약 뒤바뀔 정도가 되죠.

참, 현재 내가 살고 있는 시대에선 칠대불가공법 중의 상당수를 퇴출시켜야 한다는 주장도 나돌아요.

칠년전쟁의 초기에 몽환영과 시공결을 제외한 나머지 불가공법의 성취자가 전부 출현해 서로 충돌했다고 해요. 자세한 것은 저도 잘 몰라요. 그 사건을 '용마총의 겁'이라고 부르는데 그때의 기록, '용난화

전서(勇蘭花傳書)'는 무림맹에서도 최고 보안 등급인 천문 특급의 신분만이 열람을 해볼 수 있어요. '용난화전서'란 기록이 있다는 것도 성질 더러운 선배 포교를 졸라서 겨우 알아낸 것이에요.

어때요? 이 정도면 설명이 된 건가요?

불가공법에 대해 더 궁금한 점이 있다면 꺼림 없이 물어보세요. 저도 사연 님 덕분에 무림 역사에 대해서 이참에 공부를 좀 하고 있답니다.

추신.

사연 님이 원했던 능망검법에 대한 세부적인 설명은 무림사판 학여원이 남긴 춘추일기록 중에서 '빛의 검 능망검법' 편을 필사해서 보낼게요.

칠대불가공법 중에서 그에게 낯익은 무공이 하나 있었다. 영혼의 움직임이라는 망혼보였다.

돌이켜 보면 그의 삶은 망혼보를 성취한 시기와 망혼보를 몰랐던 시기로 나뉠 수 있었다. 망혼보를 수련한 후로 그의 대적 능력은 진일보했다. 망혼보가 공격적인 무공 수법은 아니지만 빠르고 현란한 움직임을 바탕으로 전투에서 보다 더 여유를 가질 수 있었고, 한편으로 대적의 수단을 여러 가지로 강구할 수 있었다.

현재 그의 망혼보는 보법 위주의 낮은 수준에 머물러 있었다. 이유는 모르지만 망혼보의 맛을 본 이후로 몇 년 동안 더 높은 성취가 답보되었다. 아마도 그의 내력 수준으로는 거기까지가 한계인 모양이었다.

'그것 때문에 중정당에서 집중 조사도 받았지.'

중정당에서 망혼보의 성취를 두고 집요하게 취조를 받았다. 당시 그는 한마디도 답하지 않았는데, 고문에 굴복하지 않겠다는 각오가 아니었더라도 제대로 된 답변을 할 수 없었다.

그에게 망혼보를 전수해 준 스승이 있긴 했다. 하지만 그 스승은 현실에선 그에게 무공을 전수해 줄 수 없는 사람이었다. 망혼보를 전수받은 장소도 일반인의 상식으로는 이해가 안 되는 곳이었다. 꿈. 그는 꿈속에서 스승을 만나 망혼보를 전수받은 것이다. 그런 속사정을 담당 수사관에게 말했다면 장난치지 말라고 오히려 더 심한 고문을 받았을 것이다.

그는 그 정도에서 망혼보에 관한 생각을 정리하고 전서에 동봉된 춘추일기록의 필사본을 읽어봤다. 지금 그에게 가장 중요한 사안은 능광검의 문제점을 해결하는 것이다.

무림춘추일기록 삼십팔장—빛의 검 능광검.

능광검법은 전한시대에 출현했던 불가공이다.

형가가 진왕을 암살하지 못하고 죽임을 당하자 제나라의 자객 능광이 형가의 복수를 하겠다며 진왕을 단칼에 죽일 수 있는 검술을 찾아 천하를 떠돌았다. 다행히 천운이 닿아 태산에서 한 검선을 만나 진왕을 죽일 수 있는 검법을 전해 받고는 세월의 흐름을 잊어버릴 정도로 열심히 검술을 익혀 세상으로 다시 나왔다.

그러나 능광이 복수의 칼을 들었을 때 진왕은 이미 이 세상 사람이 아니었다. 능광이 검법을 수련했던 세월은 장장 백 년. 진왕도 없을 뿐더러 진나라도 이미 한참 전에 멸망을 해버렸다. 능광은 백발로 변해 있는 자신의 모습을 뒤늦게 알고는 허망한 눈물을 흘리며 태산으로 다시 돌아갔다.

이후 태산의 검선이 된 능광은 속세를 떠나기 전 문득 깨달은 바가 있어 검법 성취의 세월을 단축시킬 수 있는 최강의 검법을 창안해 냈다. 이를 빛의 검 능광검법이라고 한다.

강호에 떠도는 능광에 관한 이야기는 실제라기보다 야사에 가깝다. 최강의 검이라는 능광검법도 실질적으로 문제가 너무 많아 무인들에게 외면을 받았다.

능광검법의 문제를 가장 먼저 구체적으로 거론한 이는 후한시대 태사공기(太史公記)를 집필했던 사마천, 그 사마천의 사촌형제인 사마상이다. 사마상은 당대 유림의 거두였던 사마천과 다르게 무림에서 주로 활동했는데, 사마천이 자객열전을 집필할 때 많은 도움을 주었다. 사마천이 자객열전의 집필을 끝냈을 당시 사마상은 이런 말을 무림에 남겼다.

"자객사를 논함에 기개는 형가가 제일이고 검은 전제의 어장이 으뜸이지만, 검법으로는 능광의 검이 최고이다. 다만 능광검의 실전적 성취에는 유림의 학자이자 무림인의 한 사람으로서 많은 의문이 든다. 무릇 상승의 검은 심도 깊은 검의와 안정된 심법, 그리고 바른 운기법에 이은 초식 수련 속에서 성취되는 것인데, 능광검법은 이 점에서 명백히 역행하고 있다. 검의는 수련자의 정신을 해치는 고독이며, 심법은 구결로 이루어진 것이 아닌 해석이 모호한 시문이며, 운기법은 부정확하며, 초식은 미완성이다. 따라서 성취가 불가능하다고 판단되는데, 만약 그럼에도 능광검법을 성취하고자 극한의 감정 제어를 하며 초식 수련을 한다면 수련자는 설령 검법을 성취한들 마성에 젖어 본인의 정신과 신체를 해치는 상태에 직면하게 될 것이다. 또한 그땐 정도의 검이 아닌, 사도의 검으로서 강호를 피에 젖게 할 것이다."

후한시대 이후로 여러 시대에 걸쳐 명문 검사들이 능광검보를 습득했지만 사마상의 말처럼 어느 누구도 능광검법을 성취하지 못했다. 사마상이 주장한 이종의 수련법으로 연성에 성공한 이도 없었다.

불가공법으로 무림에서 폐기되었던 능광검법이 다시 강호에 큰 화두가 된 것은 녹림당이 무림을 어지럽히던 녹림시대에 노년살수로 불우한 일생을 마친 양정으로 인해서이다.

양정은 녹림당에 의해 부모와 형제를 잃고 나아가서는 두 아들과

부인까지 잃게 되자 피 끓는 복수심으로 산중에 들어가 자객의 검을 수련했다. 당시 그가 수련했던 검공이 바로 능광검법이다. 삼 년에 걸친 수련으로도 능광검법을 성취할 수 없었던 양정은 나이 오십에 이르러 사마상이 말했던 이종의 연성법을 그만의 독창적인 방식으로 해석하여 능광검법을 다시 수련했다.

양정은 산중이 아닌 저자가 훤히 내다보이는 삼 층 객잔에 연공실을 마련했다. 그리고 그곳에서 외부로 일절 나오지 않고 능광검을 외로이 수련했다. 감옥 아닌 감옥 생활이 장장 사 년. 양정은 마침내 일초식의 검법을 완성시켜 강호로 나왔다.

양정의 복수는 그렇게 칠 년 만에 완성됐다. 그러나 그 후의 삶은 비참하다 싶을 정도로 불우하게 끝을 맺었다. 월광의 초식으로 녹림당의 당수 냉천악을 저자에서 저격 척살한 양정은 그때 무슨 일인지 갑자기 살귀로 변신해 저자 사람들을 무차별적으로 죽였다. 그리고 정신을 다시 차렸을 때는 회한에 찬 광소를 터뜨리며 스스로 목을 찔러 자진했다.

양정이 스스로 죽음을 택한 이유는 후에 밝혀졌다. 양정의 일초식은 외로움을 극대화시켜 완성시킨 마성의 결과물이었다. 심법도 원래의 것이 아닌, 마교의 심법으로 대체해서 수련했다. 결국 능광검의 마성을 이겨낼 수 없었던 양정은 검귀가 되어 살행을 계속하기보다 스스로 죽음을 택한 것이다.

양정의 죽음 이후, 무림은 능광검법을 재평가했다. 결론은 양정의 연성법으로 일초식의 검법은 수련이 가능하다는 것이었다. 이 소식에 무림의 검사들이 앞다투어 양정처럼 외로움을 극대화시키는 공간을 만들어 능광검을 수련했다. 그러나 고독을 견디다 못해 자진하는 이들만 넘쳐날 뿐 어느 누구도 양정 같은 성과물을 내어놓지 못했다. 능광검의 폐단이 극심하자 결국 무림은 강호에 떠도는 능광검보를 전부 회수하고, 아울러서 양정의 수련법을 공식적으로 금지시켰다.

현재 불가공법 능광검법은 일초식 월광만 남아 있다. 사마상의 주장에 의하면 능광검은 원래 달의 빛, 해의 빛, 별의 빛 삼초식으로 이루어진다고 했는데 양정의 검공 발현 이후로 무림에 수거된 어떤 능광검보에서도 일초식 이외의 검초는 남아 있지 않다. 설에 의하면, 일초식을 완성시킨 양정이 그 결과를 너무 두려워한 나머지 이초식을 전부 폐기했다고 한다. 한편으로 능광검이 원래 삼초식이 아닌 일초식의 검공이란 설도 있다.

─무림학사 학여원.

학여원의 춘추기록을 읽어 보니 동심맹에서 사망탑을 만든 의도를 짐작할 수 있었다. 저자가 아니라는 점만 다를 뿐, 사망탑은 양정이 능광검을 수련하고자 만든 외로움의 공간과 동일한 곳이었다.

'어쩌면 더 완성된 형태의 연성법일지도……'

양정은 개인이고 동심맹은 조직이다. 동심맹은 능광검의

수련을 위해 막대한 자금과 인력을 사망탑에 투입했을 것이다. 사망탑이 다수라는 점을 감안하면 이미 성과를 이루어낸 자객이 존재할 가능성도 있다.

문제되는 것은 능광검의 마성 극복인데, 이 점에 관해서는 아직 회의적이었다. 밤이 되면 찾아오면 극심한 외로움. 매순간 자해를 느낄 정도의 고독. 담사연 자신의 최근 모습에 비추어 보았을 때 동심맹에서도 아직 그 점은 극복할 수련법을 찾지 못했을 터다.

'그래서 더 문제가 되지. 이건 무림연합이 공식적으로 금지시킨 수련법이니까.'

동심맹에서 사망탑을 비밀리에 관리하는 이유도 거기에 있을 터이다. 강호가 사망탑의 실체를 알게 된다면 이 일과 관련된 자들은 엄청난 비판을 받게 될 것이다.

담사연은 그 정도에서 능광검에 관한 생각을 정리하고 창으로 다가갔다. 야공엔 찬란한 별이 가득하다. 별 무리 속에 그가 보고픈 사람들이 자리해 있다. 형도 있고, 풍월관의 식구들도 있고, 신강의 전장에서 연을 맺었던 전우들도 있다. 그리고 또 한 사람, 전서에 그려졌던 여인의 모습도 있다.

이추수.

한 번도 만나보지 못한 여인이지만 그의 인생에서 이토록 가깝게 접근했던 이성은 없었다.

'어떤 여인일까? 포교라고 하는데 남자 같은 모습의 여인일까?'

이 밤. 그리움과 외로움은 어김없이 담사연에게 찾아든다.

전날의 외로움과 다른 것이 있다면 담사연에게 이 외로움은 자해를 느끼는 고독한 감정이 아닌, 희망을 주는 그리움으로 다가온다는 것이다.

10장

꿈속의 예언

사망탑 오십이 일.

연공실로 내려온 담사연은 능광검법 수련을 의식적으로 피했다. 혈기환도 복용하지 않았다. 문제점이 해결될 때까지 능광검법 수련을 중단한다는 생각인데 운기를 엉망으로 해보았던 전날의 결과와 마찬가지로 그의 생각처럼 진행되지 않았다.

하루 동안 검공 수련을 중단하자 기맥이 불규칙하게 요동을 치더니 전신의 심줄이 살갗을 뚫고 나올 듯 툭툭 불거졌고, 나아가서는 온몸이 바늘로 찔리는 것 같은 극심한 고통이 뒤따랐다. 이대로는 죽도 밥도 안 된다. 육체의 이상 현상에 무대책으로 맞서다가는 허무하게 죽음을 맞이할지도 모른다. 그는 결국 등사심법을 운기해 월광의 초식을 연마했다. 그러자 들끓던 기가 점차 안정이 되어 평상시의 몸으로 되돌아갔다.

이추수의 주장에 의하면 능광검법은 삼성 이상의 경지에 오르면 자체적으로 연성되는 성질이 있다고 하였다. 그는 지금 거기에 해당되었을 가능성이 있었다.

"오십 일 만에 삼성의 경지……. 사망탑 역사상 최고의 기록일지도 모르겠군."

그는 씁쓸한 미소를 머금었다. 무공의 비약적인 발전 속도가 하나도 기쁘지 않았다. 이젠 멈추고 싶어도 멈출 수가 없는 신세가 되어버렸다.

오후에 연공실을 나온 담사연은 능광검의 문제를 해결할 방법을 다각도로 강구해 봤다. 그러나 실전적인 응용이 아닌 이론적 차원의 문제에서는 그 역시도 일반인과 같은 수준일 뿐이었다.

사망탑에 억류된 신세이니 그를 도와줄 사람은 마땅히 없었다. 이추수와 연락이 되지만 그녀의 능력으로는 이 문제를 해결할 수 없었다.

'그 사람이라면 가능할지도…….'

불가공법의 문제를 풀어줄 사람이 아주 없지는 않았다. 그에게 망혼보를 전수해 준 꿈속의 스승. 그 사람의 천재적인 능력이라면 능광검법의 문제도 해결할 가능성이 있었다.

'허나, 만날 수 없다면 그건 없는 것이나 마찬가지……'

답이 보이지 않았다. 수련을 할 수도, 하지 않을 수도 없다. 도와줄 사람도 없고, 도움을 청하고자 밖으로 나갈 수도 없다.

막막한 심정에 숙소를 이리저리 거닐 때였다. 창을 통해 유월이 실내로 날아들었다. 그는 반가운 심정으로 유월이를 맞이했다. 근자에 그에게 즐거움을 주는 존재는 유월이와 이추수가 유일했다.

사연 님, 새로운 사실을 알았어요.

이번에 제가 장안의 무림맹 총단으로 장거리 출장을 가게 되었는데 뜻밖에도 내가 머문 강북 지역으로 유월이가 날아왔어요. 유월이가 저의 위치를 어떻게 알아버렸는지 정말 신기해요.

아무튼 기쁘고 다행스러운 일이예요.

유월이가 내 위치를 알고 찾아온다는 것은 곧 우리가 어디를 가든 전서가 끊어지지 않는다는 것을 의미하니까요.

당신에게도 같은 일이 벌어질 수 있어요.

나중에라도 사망탑에서 나오시면 그땐 전서구 걱정은 하지 말고 장소 이동을 해보세요.

추신.

호기심 때문에 사연 님에 대해서 조사를 좀 해봤어요.

그런데 이상하게도 당신과 당신의 주변 인물에 관한 기록이 전혀 없어요. 뿐만 아니라 사망탑이 세워진 일도 없고, 월인촌이 존재했던 기록도 없어요. 누군가 의도적으로 당신에 관한 모든 기록을 지운 것 같아요.

동의 없이 사연 님의 뒷조사를 해서 미안하게 생각해요.

그만큼 당신에 대해서 많은 부분이 궁금하답니다.

이추수 올림.

"정말 대단해. 천하에 너처럼 똑똑한 전서구는 아마 없을 거야."

전서를 읽은 그는 유월이를 돌아보며 감탄을 표했다. 사람의 손에 길들여진 전서구는 오가는 장소가 한정된다. 전서구 마음대로 지역을 돌아다닌다면 그건 곧 지능을 가진 영물이라고 해야 한다.

상상을 해본다.

낙양의 어느 객잔에서 이추수의 전서를 받고, 황하 강변을 산책하며 이추수에게 전서를 보낸다.

생각만 해도 가슴이 흐뭇해지는 일이다.

그런 날이 과연 올까.

그런 삶을 살 기회가 내게 다시 있을까.

흐뭇했던 심정은 조금 있어 우울한 심정으로 변했다. 그 자신에 관한 모든 기록이 지워졌다고 한다. 그의 주변 인물은 물론 사망탑과 월인촌까지도 사라졌다고 한다. 이것은 다시 말해 앞으로 그가 행할 일에 문제가 생긴다는 것을 의미한다. 어쩌면 동심맹의 청부에 실패를 하고 죽임을 당했을 수도 있다. 그래서 동심맹에서는 증거 인멸을 하고자 그의 흔적을 대대적으로 지웠을 수가 있다.

"미래를 안다는 게 확실히 장점이 되는 일만은 아니군."

그는 창으로 다가서서 일몰의 하늘을 바라봤다. 죽음 같은 것은 두렵지 않았다. 죽음은 그에게 삶만큼 익숙한 것에 지나지 않았다. 그에게 아쉬워할 일이 있다면 이제까지 고단하게 살아왔던 생의 의미, 형과의 관계를 정리하지 못하고 삶을 마치는 일이었다. 보상 같은 것은 바라지 않았다. 행복한 미래도 원하지 않았다. 어떤 식으로든 형과 그의 삶이 정리되길 원할 뿐이었다.

"아!"

그는 문득 탄성을 흘렸다. 형을 생각하는 과정에서 하나의

가능성이 그의 뇌리를 스치고 있었다. 그는 탁자로 돌아가서
이추수에게 보낼 글을 적기 시작했다.

추수 님, 부탁이 있습니다.

장안으로 가신다고 했는데 출장 업무를 보신 다음에 난주의 월인
촌을 한번 방문해 주시기 바랍니다.

저의 기록이 전부 지워졌다고 하지만 지명은 사라져도 지역은 아
직 그대로 남아 있을 겁니다. 난주 저자에서 서쪽으로 이십여 리를 걸
어가면 수나라의 오래된 성곽이 나옵니다. 그곳 끝자락에 오십여 채
의 빈민가가 모여 있는데 그곳이 바로 월인촌입니다.

월인촌에 들어서면 나뭇가지가 동쪽 방향으로만 뻗어 있는 향나무
고목이 있을 겁니다. 그 맞은편 집이 예전 제가 살던 곳입니다.

추수 님에게 이런 부탁을 하는 이유는 제가 꼭 찾아봐야 할 사람이
있기 때문입니다.

찾을 사람은 담사후. 저의 형입니다.

일전에 형에 대해서 간략히 설명을 했었지요.

전신마비로 살아가는 불쌍한 분이라고.

지금 형에 대해서 한 가지 설명을 덧붙이겠습니다.

형은 천재입니다.

그냥 천재가 아닌, 건강한 몸이었다면 한 시대의 운명을 능히 바꾸

었을 정도의 초천재입니다.

그리고 형에게는 남들이 모르는 능력이 하나 있습니다. 그 능력의 실체가 무엇인지 전에는 잘 몰랐는데 이번에 청성당 사건을 겪으면서 확신을 하게 되었습니다.

하니 월인촌을 찾아 형의 흔적을 찾아봐 주세요.

형은 약의 도움 없이는 보름도 견디기 힘든 상태였습니다. 그런 형이 추수 님의 시대에서까지 살아 있다고는 생각하지 않습니다.

하지만 뭐가 어찌 됐든 형은 생의 마지막에서 저에게 무언가를 남겼을 겁니다. 그게 필요합니다. 설령 아무것도 남기지 않았다고 해도 형의 흔적을 확인하는 것이 지금의 저에겐 몹시 중요한 일이 됩니다.

추수 님을 번거롭게 해서 미안합니다.

이다음에 혹여 우리가 현실에서 만나는 행운이 있게 된다면 반드시 은혜를 갚겠습니다.

글을 작성하고 긴장된 심정으로 유월이를 날려 보냈다.

돌이켜 보면 형은 그에게 고단한 삶을 살게 한 원인이기도 했지만 그가 그 삶을 이겨 나가도록 힘을 실어준 은인이기도 했다. 그가 배운 학문도, 그가 익힌 무공도 그 시작점에는 항상 형이 있었다. 형이 아니었다면 신강의 전장에서 해결사 야랑이라고 불렸던 그의 모습은 없었을 것이다.

"그래, 포기하기에는 아직 일러. 이제부터 시작일 뿐이야."

그는 각오를 새로이 다져먹었다. 미래가 어찌 되든 그건 그가 상관할 일이 아니었다. 그가 헤쳐 나가야 할 삶은 바로 지금 이곳에 있었다.

이추수의 답장은 새벽 무렵에 날아왔다.

시간을 내서 월인촌으로 가보겠다는 내용인데 장안에서 난주까지 거리를 감안해 사흘 정도가 걸린다고 하였다. 그리고 사흘 후 이추수가 다시 전서를 보내왔다. 그는 기대의 심정으로 전서를 펼쳐 봤다.

사연 님의 설명대로 찾아갔는데 월인촌의 흔적은 없었어요. 오십여 채의 빈민가도 존재하지 않았어요. 인근 사람들에게 물어보니 대략 십 년 전에 빈민가 철거가 있었다고 해요. 기대에 부응하지 못한 실망스런 내용을 보내게 되어서 괜히 제가 미안해지네요.

힘내세요, 사연 님.

사연 님의 현재 상황을 돌파할 다른 방법이 있을 거예요.

저도 최선을 다해서 방법을 찾아볼게요.

너무 멀리 있어 만날 수는 없지만,

사연 님을 항상 응원하는 이추수가 올립니다.

추신.

참, 사연 님의 집 앞에 있었다는 향나무 고목은 아직 그대로 있더군요. 고목의 맞은편에는 현재 '쾌활림'이라는 작은 주점이 만들어져 있는데, 그곳 창가에 앉아 무성한 나뭇잎을 바라보며 한 잔의 차를 마시고 있자니 운치가 제법이더군요. 객잔 주인도 마음씨가 아주 좋은 사람 같아 보여요. 그래서 이곳 객잔에서 하룻밤을 보내고 떠날 생각이에요.

"아!"

그는 전서의 끝 구절에서 긴장 어린 숨결을 흘렸다. 실망스런 결과가 아니었다. 그가 찾고자 했던 형의 흔적이 남아 있었다. 객잔의 명칭이 쾌활림이라면 그건 곧 형이 그에게 보내는 신호라고 할 수 있었다.

그는 이추수가 객잔을 떠날까 염려되어 즉시 답장을 적었다.

추수 님!
형의 흔적이 그곳에 남아 있습니다.
객잔의 명칭 쾌활림은 형과 제가 살았던 그 가옥의 이름입니다.
즐겁고 활기찬 숲.

오래친, 월인촌으로 이사하던 날 형이 그렇게 집의 이름을 붙였죠.
이 편지를 보시면 객잔의 주인을 만나 '쾌활림'이라고 가게 이름을 정한 연유를 물어보세요.
추수 님의 노고에 감사의 마음을 거듭 전합니다.

전서를 날려 보낸 후로 담사연은 초조한 심정으로 이추수의 답장을 기다렸다. 하루에 두세 번 정도 전서 전달이 가능하지만 기대의 심정 때문인지 그는 창밖을 줄곧 내다보며 유월이의 모습을 찾았다. 전서는 아침 무렵에 날아왔다. 그는 그때까지 거의 뜬눈으로 밤을 보냈다.

사연 님에게.

형의 흔적이 객잔에 남아 있다는 사연 님의 글을 보았을 때 마치 저의 일처럼 가슴이 두근댔어요. 그래서 떨린 심정으로 객잔에 버려 갔죠. 밤늦은 시간이라 객잔엔 주인 외에 아무도 없었는데, 객주에게 면담 자리를 청한 후 쾌활림이라고 가게 이름을 정한 이유를 물어봤어요. 객주는 그때 흠칫하는 모습을 보이며 저를 묘한 눈으로 응시했어요. 그때 전 느꼈어요. 사연 님이 원했던 무언가가 바로 이곳에 있다는 것을요.

객주는 저를 견제할 뿐 한동안 입을 열지 않았어요. 그래서 제가 이 사안에 대해 먼저 솔직히 털어놓았어요. 아주 예전에 이곳에서 전신불수의 형과 그 형의 삶을 돌보며 살아간 착한 동생이 살았는데 지금 그 동생이 형을 찾고 있다고요.

그러자 객잔 주인이 긴장된 얼굴로 되묻더군요.

"형과 동생의 이름이 어떻게 되지요?"

"형은 담사후, 동생은 담사연입니다."

제가 두 분의 이름을 말하자 객주는 흥분된 얼굴로 '이럴 수가!' 란 표현을 연발했어요. 영문이야 잘 모르지만 저도 그때 덩달아 흥분되어 객주의 표현에 보조를 맞추었죠.

객주는 이렇게 말했어요.

"십오 년 전에 오늘의 일을 예언한 분이 있었습니다. 그분이 말하기를, 이곳에 패활림을 만들어두면 먼 훗날 동생의 대리인이 형의 흔적을 찾아올 것인데 그때 이 편지를 전하라고 하셨습니다."

객주는 말과 함께 객잔 장식장에 진열된 도자기 술병을 꺼냈어요. 도자기 술병 속에는 술이 아닌 오랜 세월에 색이 바랜 서찰이 있었죠.

편지를 건네받을 때, 예언한 분이 누구이며 또 그렇게 예언을 전해 받게 된 과정을 물어봤어요.

객주는 씁쓸한 미소를 머금으며 고개를 저었어요.

"설명을 해도 소저께선 믿지 않을 겁니다. 오랜 세월 편지를 보관한 저 역시 그건 실제로 겪은 일이 아니라고 생각했을 정도이니까요."

이야기를 해주지 않으려는 객주에게 제가 로파의 능력을 발휘해 거듭 졸랐어요. 제가 원래 자백을 받는 것에 소질이 좀 있답니다.

결국 객주는 그때의 사정을 이야기해 주었어요.

산해경 속에서나 나올 법한 이야기였어요. 듣는 것만으로도 가슴이 마구 두근거렸죠.

객주의 말에 의하면, 예언을 전한 분은 바로 당신의 형 담사후였어요.

그분은 그때 뇌사 상태의 중환자였죠.

어떻게 대면할 수 있었느냐고 묻자, 현실이 아닌 꿈에서 형을 만났다고 해요.

객주의 주장은 이러해요.

"삼십 대 시절, 저는 동심맹 난주 안가의 집사로 일하고 있었습니다. 어느 날 난주 안가로 전신불수 상태의 중환자가 실려 왔는데, 동심맹 보안 등급 현문 특급이 아니고서는 아무도 접근을 못하는 보호 감찰 대상자였습니다. 당시 저는 집사로서 그분의 수발을 책임졌기에 그분의 멍한 모습을 근무 시간 내버 지켜볼 수 있었습니다.

이상한 일이라면 그분이 난주 안가로 실려 온 후로 제가 밤마다 어떤 남자를 만나는 이상한 꿈을 꾼다는 것입니다. 원래 꿈을 잘 꾸지 않는 숙면 체질이거늘 당시는 마치 현실의 일처럼 아주 생생하게 꿈을 꾸었습니다. 어떤 날은 꿈의 여파가 너무 심해 종일토록 흐리멍덩하게 시간을 보내곤 했지요. 주변에선 그런 나를 보고 죽을병에 걸렸다고 의원에게 빨리 진료를 받아보라고 했습니다.

그래서 의원의 처방을 받아보았지만 백약이 무효였습니다. 날을 더할수록 저는 피골이 상접한 몸이 되었고, 결국에는 난주 안가의 집사 일자리마저 그만두게 되었습니다.

안가 근무의 마지막 날, 그분의 처소에서 저는 문득 잠이 들었습니다. 그때 또 꿈을 꾸었는데, 바로 그분이 꿈에 출현해 저에게 자신의 지시에 따르지 않으면 평생 동안 몽마(夢魔)에 시달릴 것이라는 엄중한 경고와 함께 비밀스런 예언을 전했습니다.

잠에서 깨어난 저는 홀린 심정으로 그 예언을 서찰에 적어 봉합했습니다. 어쩌면 그 행위 또한 꿈의 연장일지 모릅니다. 예언을 작성하는 과정이 끝난 후 정신을 차렸는데, 제가 무슨 글을 적었는지 도무지 알 수가 없었습니다. 서찰을 열어 확인해 볼 생각은 엄두도 버지 못했습니다.

꿈속의 그분은 저에게 앞날의 일까지 조언해 주었습니다. 난주 진산에 올라 결분자(缺盆子) 열매를 따서 십 년 동안 묵혀 술을 담아 팔면 부와 더불어 명성을 날릴 수 있다고 말입니다. 안가를 그만둔 후로 혹시나 해서 진산에 올라 보니, 산등성이 한쪽에 과연 특이하게 생긴 결분자 열매가 자라고 있더군요.

돌이켜 보면 꿈속의 그분은 저에게 은인과 같습니다. 남의 뒷일이나 봐주며 끝날 집사 인생을 오늘의 제 모습, 난주에서 제법 자산을 모은 주류 장인으로 만들어주었으니 말입니다."

객주는 꿈속의 그분, 형을 진심으로 떠받드는 것 같은 모습을 보였어요. 하기야 제가 출현해서 예언이 맞아떨어졌으니 그 심정을 충분히 이해할 수도 있어요.

숙소에 돌아와 곰곰이 생각해 봤어요.

객주의 꿈과 예언, 시공을 건너간 유월이의 출현, 그리고 우리의 인연.

이 모든 게 하나의 운명처럼 단단히 엮여 있어요.

어쩌면 당신의 형이 그리 되길 간절히 원했는지도……

형이 당신에게 전한 편지도 동봉합니다.

이십 년의 시공을 넘어선 형과의 해후를 천천히 즐기시기를.

추신.

떨리는 심정으로 물어봅니다.

객주의 꿈에 출현한 형의 신비로운 능력.

혹시 그거 불가몽법 몽환영 아닌가요?

전서의 내용은 그의 기대에 부응했다.

형은 비범한 능력을 발휘해 무언가를 그에게 남겼다. 형의 능력은 타인의 꿈을 넘나드는 것에 있었다. 사망탑에 들어오기 전까지만 해도 그것에 대해 긴가민가했지만 이젠 그 능력을 확신할 수 있었다.

사실 꿈속에서 망혼보를 전수해 준 스승도 형의 또 다른 모습이었다. 돌이켜 보면 단화진의 조문을 가르쳐 준 의문의 글도, 형이 그 능력을 발휘해 단화진의 꿈으로 들어갔기에 가능한 일이었다. 형이 청성당 청부를 사전에 감지한 것은 풍월관주의 개입을 염두에 두면 의문스러울 게 없었다. 풍월관주는 형의 꿈속 능력을 알고 있는 유일한 사람이었다.

  "몽환영이 맞을 거야. 내가 형의 입장이라도 몽환영을 성취하고자 했을 거야."

  전신불수 상태의 형. 그런 형에게 몽환영은 절망적인 삶의 유일한 탈출구가 되었을 것이다.

  그는 이추수가 전서와 같이 보낸 형의 서찰로 눈을 돌렸다. 서찰은 유월이의 왼쪽 다리에 매달려 있었다. 매듭을 풀고 봉합된 서찰을 열었다. 편지는 두 가지였다. 하나는 어려운 내용이 적혀 있는 장문의 글이고 다른 하나는 '사랑하는 동생에게'라는 인사말로 시작된 짧은 글이었다.

  무엇부터 볼까.

  갈등하던 그는 우선 장문의 글부터 읽어봤다.

〈능광검법 해례본〉

등불에는 심지가 없고, 밤하늘엔 달빛이 없다.

임은 강 건너에 있는데 나룻배엔 노가 없고,

임 향한 마음은 간절한데 나비가 없어 꽃을 전할 길이 없다.

밤은 낮이 되고 낮은 밤이 된 그곳에서

의식에 피가 몰린 극한의 인고를 안고 건너가면,

법(法)에 얽매이지 않고 공(空)에도 얽매이지 않으니

경계가 없는 삼광의 검(劍)이 현현하리라.

능광검보에는 내공 심법이 없다. 심법의 구결 같은 의문의 시구만
이와 같이 남아 있다. 그래서 전날의 무림 학자들은 이 시의 속뜻에
심법이 숨어 있으리라 여기고 시구의 뜻을 풀어내는 것에 매진했다.
결과적으로 그들은 모두 실패했다. 실패를 한 이유는 아직 익지 않은
열매를 베어 물었기 때문이다.

시는 미완성이다. 따라서 심법도 불완전하고 운기법도 부정확하
다. 하여 원문의 시에만 집착하면 완성된 능광검법을 성취할 수 없게
된다.

능광검법의 창안자는 미완성의 시를 왜 검보에 적어놓아 강호인들
을 혼란케 하였을까?

나는 능광이 이 검법을 창안했다고 생각하지 않는다. 능광에게 검
법을 전수해 준 태산의 검선이 바로 이 검법의 진짜 창안자라고 여긴
다.

미완성의 시를 적은 이유를 나는 두 가지 경우로 추정한다.

첫째는 창안자가 고의로 미완성의 시를 적어놓은 경우이다. 무림인들의 능력을 시험하고자 했던 뜻도 있을 것이고, 창안자의 검법을 쉽게 성취할 수 없도록 한 뜻도 있을 것이다. 어떤 식이든 절세 검공의 창안자로서 칭송을 받을 수 없는 행위이다.

둘째는 창안자 역시도 능광검법의 진수를 성취하지 못한 경우이다. 그래서 미완성의 검보를 강호에 흘려 누군가 그를 대신하여 능광검을 완성해 주기를 원한 것이다. 뜻이 왜곡되어 불가공법으로 남게 된 것은 애석한 일이다.

이제 선지자의 뜻을 받들어 완성된 능광검의 해례본을 남긴다.

등불에는 심지가 없고, 밤하늘엔 달빛이 없다.

임은 강 건너에 있는데 나룻배엔 노가 없고,

임 향한 마음은 간절한데 나비가 없어 꽃을 전할 길이 없다.

등불은 단전이고, 심지는 생동하는 기(氣)다. 밤하늘에 달빛이 없다는 것은 곧 생동하는 기를 바르게 인도해 줄 구결이 아직 없다는 뜻이다.

또한 강 건너의 임은 검법의 완성을 의미하며, 나룻배의 노는 실전적인 초식을 뜻한다. 따라서 나비가 없어 임에게 꽃을 전하지 못한다는 것은 곧 검공의 바른 수련법을 모르면 진수를 얻지 못한다는 것을 의미한다.

내가 추가한 이 시의 후절구는 이러하다.

등불에 심지가 없다면 마른 가지를 모아 횃불로 대신하고,
밤하늘에 달빛이 없다면 별빛으로 길을 잡으리라.
임 계신 곳을 알고 있는데 나룻배에 노가 없으면 어떠리오.
간절한 마음 담아 물길이 흐르는 대로 내려가면,
나비가 날지 않아도 꽃은 임에게 전해지리라.

기의 원천은 단전이 아니다. 기는 삼라만상에 흐르는 근원적인 힘이며, 그것은 인간의 집중된 의식에서 육체로 인도되어 생동하는 기로 변환된다. 단전은 그 과정에서 기가 축적되는 장소의 하나일 뿐이다. 따라서 능광검은 단전을 중심으로 하는 심법 구결이 아닌, 의식의 흐름대로 이어지는 기의 순환법을 사용해야 된다. 기를 움직이는 운기법의 순서는 이러하다.

중극, 관원, 기해, 거궐, 기문, 화개, 견성, 천추, 백회, 풍문, 명문, 회음…….

양정이 고독한 수련법으로 일초식의 검법을 성취할 수 있었던 것은 극한에 이른 의식의 열망이 능광검법의 실전 초식으로 연결되었기 때문이다. 한편으로 월광의 성취 후에 양정이 자신의 삶을 두고

극단적 선택을 한 것은 그 마성을 제어하는 수련법을 알지 못했기 때문이다.

검공의 바른 수련법은 이러하다.

밤은 낮이 되고 낮은 밤이 된 그곳에서
의식에 피가 몰린 극한의 인고를 안고 건너가면,
법에 얽매이지 않고 공에도 얽매이지 않으니
경계가 없는 삼광의 검이 현현하리라.

밤과 낮이 바뀐 수련. 의식에 피가 몰리는 극한의 고통.

수련자는 머리와 발의 위치가 바뀐 거꾸로 선 자세에서 심법과 초식을 연마한다. 초식 연마는 동적인 움직임이다. 하니, 무조건 머리를 바닥에 박고 수련하라는 뜻이 아니다. 피가 머리로 몰리는 그런 자세에서도 동적인 움직임을 할 수 있는 단련 방식은 여러 가지가 있을 것이다. 각자에게 맞는 방식을 찾아내는 것은 수련자의 몫이다.

능광검법은 삼초식으로 이루어졌다고 알려져 있다. 원문의 시에도 삼광을 뜻한 그러한 비유가 있다. 허나 실제 내가 살펴본 능광검보에는 일초식만 남아 있을 뿐 나머지 이초식에 관한 설명은 없다. 어쩌면 일초식을 성공적으로 성취해야만 나머지 이초식이 보이는 것일 수도 있다. 이초식을 찾아내는 것 또한 수련자의 몫이라고 할 수 있으리라.

상승 무공은 수련자의 자질이 우수하다고 해서 성취되지 않는다. 자질을 넘어서는 수련자의 노력과 열정이 뒤따라야만 성취가 이루어진다. 능광검에 관한 약식의 해례본을 이곳에 남기지만 성취의 문제는 전적으로 수련자에게 달려 있다. 외롭고 고된 수련의 나날이 되겠지만 수련자는 부디 중단 없는 노력으로 성취를 하여 강호에 능광검의 진수를 선보여 주기 바란다.

몽환 담사후.

—수련자의 빠른 성취를 돕고자 능광검에 관한 세부적인 구결 운행법과 초식 수련법을 그림으로 풀이해 부록으로 남긴다. 속성의 수련법은 삼초식의 성취를 위한 정종의 수련법이 아니다. 후일 월광을 성취하면 그땐 수련자 스스로 속성의 수련법을 폐기하도록 하라.

한 번 읽고는 형이 남긴 해례본의 뜻을 파악할 수 없었다. 구결 운행법과 바른 수련법에 관한 맥락만 조금 이해할 수 있었다. 그는 곧바로 수련을 해보고 싶은 심정을 참고 다른 편지를 펼쳐봤다.

이십 년의 시공을 건너온 형의 편지다.

그의 이름이 적힌 서두만 보아도 눈시울이 축축해진다.

사랑하는 내 동생 담사연에게.

해가 없으면 달은 빛을 잃는다. 비가 내리지 않으면 강물은 또한 마른다. 너는 내게 그러한 해처럼 비처럼 너무나 소중한 존재다.

네가 나로 인해 삶을 무척 고단하게 살았다는 것을 알고 있다. 말도 못하고 표현도 하지 못하는 못난 형이지만 나는 너와 마주할 때면 늘 미안하고 안쓰러웠다. 네가 삶에 지친 모습으로 집에 들어올 때면 나는 거머리 같은 내 삶을 진정 정리해 버리고 싶은 유혹에 시달렸다. 생을 끊어 너를 자유롭게 해주고 싶었다. 내가 없는 너의 하루는 빛나는 하루가 될 것이다.

그러나 나는 그러지 못했다. 매일 매일 너의 삶을 생각하면서도 나는 내 못난 인생에 의미를 부여한다는 욕심 때문에 거머리처럼 삶을 연장했다. 참고 견디면 새로운 미래를 열 수 있으리라 여겼다. 그리하여 너의 삶에 진정한 형으로서 남으리라 생각했다. 그것이 어리석은 생각이란 것을 깨닫기까지 나는 너무나 오래 걸렸다.

네 모습이 보이지 않았을 때 나는 몹시 불안했으며 또한 두려웠다. 그리고 그때서야 진정 깨달았다. 세상을 바꾼다고 한들 불행의 삶은 바뀌지 않는다. 내가 새로운 삶을 살면 이전의 내 비참한 삶은 다른 누군가에게로 전이된다. 나는 네가 나의 대체된 삶을 살아가도록 할 수 없다. 그러기에 이젠 내 못난 삶을 정리하고자 한다.

몽환영은 한 사람의 꿈에 하나의 사안으로만 접근할 수 있다. 다른 사안의 꿈에 연속적으로 몽환영이 출현하면 꿈의 당사자는 기시감으로 인해 꿈에서 깨어나게 된다. 망혼보 전수 과정에서 너는 이미 몽환영을 겪었다. 그러기에 나는 사망탑에 갇힌 너의 위기를 알고도 직접적으로 너의 꿈에 출현해 도움을 줄 수가 없었다.

너를 만날 다른 방법을 찾아야 했다. 외부와 철저히 격리된 곳에 있기에 타인의 꿈을 통해 너에게 접근하는 방식은 한계가 있었다. 실패할 위험도 다분했고 그럴 시간적 여유도 내겐 없었다.

몽환영의 방식만으로는 안 된다. 다른 무엇이 있어야 한다. 불가 공법 중에는 인세의 순리를 깨는 비밀의 법이 있다. 나는 그 법을 깨우치고자 세상의 끝에서 수도 중인 이인(異人)에 대해 알고 있다. 그 사람은 이미 반선의 경지에 다다랐기에 몽환영의 수단으로는 내가 원하는 바를 이루어낼 수 없다. 유일한 수단은 꿈속의 꿈, 내 꿈속으로 그 사람을 인도해서 비밀의 법을 발현케 하는 것이다.

내 삶을 버려야 하는 위험한 방식이지만, 나는 그것을 사용할 때라고 결정을 했고, 그 선택에 어떤 후회도 없다. 미완성의 법이기에 어쩌면 내 원함과는 다르게 허망한 결과로 끝날 수 있다. 하지만 그럼에도 나는 내 삶의 의미였던 이것을 뿌리까지 불태워 사용한다.

난 지금 간절히 소망하고 또 기도한다.

이 편지가 시공을 돌고 돌아 너에게 전달될 수 있기를…….

동생의 행복을 늘 기원하는 형. 답사후가 남긴다.

─세상 만물은 참으로 조화롭고 신비롭구나!

삶의 욕심을 버리자 몽환영의 끝에서 새로운 세상을 접하는구나. 이로써 나는 죽어도 죽은 것이 아니고 살아도 산 것이 아닌 영혼의 몽환영이 되는구나.

나는 이제 영면과도 같은 긴 꿈을 꾼다. 이 꿈은 또 하나의 완전한 세상이다. 내가 너의 꿈에 들어갈 수는 없지만 네가 나의 꿈에 들어오는 것은 가능하다.

강호로 나가면 내 의식이 담긴 몽화(夢花)의 법체를 찾아라. 그런 다음 세상의 끝에서 여불휘(呂佛輝)를 만나 몽환을 존재를 자각시켜라. 그리되면 너는 나와 다시 만날 수 있게 될 것이고, 아울러서 과거의 연과 미래의 연으로 복잡하게 얽힌 네 삶의 의문도 그때에 이르러 비로소 모두 풀리게 되리라.

그는 형이 남긴 편지를 오랫동안 읽었다. 내용은 길지 않았지만 한 줄의 문장 속에 담긴 의미를 되새기며 읽고 또 읽었다. 어쩌면 형이 남긴 마지막 흔적을 손에서 내려놓기 싫었는지도 모른다.

시간이 흘러 사시의 범종이 울렸다. 조련장으로 나갈 시간이다. 그는 창으로 걸어가 아침 햇살에 물든 하늘을 바라봤다.

형은 죽은 자의 이별도 아니고 산 자의 재회도 아닌 묘한 내용으로 글을 미쳤다. 아직은 그 의미를 모르지만 적어도 한 가지 점에서는 형과 생각이 같았다.

해가 없으면 달은 빛을 잃는다. 형이 그렇게 그를 생각했듯 그 역시 형과 자신을 해와 달처럼 생각한다. 해와 달이 하늘에 떠오르고 있는 한 형은 세상을 떠난 것이 아닌, 언제까지나 그의 가슴속에 존재해 있을 것이다.

사망탑 육십 일.

담사연은 능광검법 수련에 전력을 다했다. 아침부터 밤까지 휴식도 하지 않았고 잠깐 눈을 붙일 때를 제외하고는 숙소에도 거의 올라가지 않았다. 이 기간 동안엔 이추수와 전서 연락도 자제했다. 안부를 묻는 이추수의 전서에 수련 중이라 자주 연락을 할 수 없다는 짧은 답장만 보냈다.

사망탑 칠십 일.

숙소에 이추수의 전서가 쌓여갔다. 이추수는 답장 없는 전서에 짜증을 부리지 않았다. 언제나 담사연을 응원한다는 격려의 전서만 보냈다. 가끔은 담사연과의 소통과 무관한 자신의 신상에 관한 이야기를 일기처럼 적어 보냈다.

사망탑 구십 일.

담사연이 수련 중인 사망탑에서 실체를 알길 없는 묘한 진동음이 들려왔다. 진동음이 하루 종일 울리자 사망탑의 교관들이 한자리에 모여 원인을 찾는 대책 회의를 가졌다.

진동음의 절정은 다음 날 새벽 무렵이었다. 일출이 막 시작되던 그때, 지진 같은 굉음이 울리는가 싶더니 자색의 빛살이 사망탑의 외부 벽을 뚫고 나왔다. 교관들은 깜짝 놀라 숙소에서 뛰쳐나왔고, 야랑의 사망탑이 붕괴 직전이라는 보고를 상부에 긴급히 올렸다.

사망탑 구십삼 일.

보고와는 다르게 야랑의 사망탑은 붕괴되지 않았다.

담사연의 사망탑은 빛살 발출 이후로 질식할 것 같은 고요에 잠겼다.

무슨 일이 벌어진 것인가?

야랑은 어떻게 되었는가?

이런 물음에 어느 누구도 답을 하지 못했다.

야랑이 백일조련을 마치고 사망탑에서 나오기만을 그저 기다릴 뿐이었다.

사망탑 구십칠 일.

백일조련 마감을 삼 일 앞둔 저녁, 담사연은 숙소에 들어와 이추수와 전서를 주고받았다. 간략한 글이지만 내용은 상당히 의미가 깊었다. 그로서는 일종의 승부수라고도 할 수 있었다.

우리 만날까요?

만난다너요? 우리가 어떻게 만날 수 있죠? 우리는 서로 다른 세상에서 살고 있잖아요?

지금 장안에 계신다고 알고 있습니다. 그렇다면 내일 정오에 장안 남문 자은사(慈恩寺) 대안탑(大雁塔) 앞에서 만나기로 해요. 우리 사이에 벌어진 세월의 격차는 십오 년입니다. 나는 이날의 약속을 내 생명보다 더 소중히 여기며 십오 년의 세월을 보내겠습니다.

알겠어요. 내일 정오에 대안탑에 나가겠어요. 당신을 만난다고 생각하니 벌써부터 가슴이 막 두근거리네요. 참, 한데 왜 지금에서 그런 약속을 하는지 그 연유를 물어봐도 될까요?

삼 일 후면 사망탑에서 나가게 됩니다. 그때 동심맹은 나에게 모종의 청부를 하게 될 것인데, 만약 내일 내가 약속 장소에 나가지 못하게 된다면 그건 곧 내 신상에 문제가 생긴다는 것을 의미합니다. 전 그 점을 사전에 알아두어야 할 필요가 있습니다. 어쩌면 이후로 동심맹을 주적으로서 상대할 수도 있으니까요.

무슨 말씀이신지 알겠어요.
당신이 버일 꼭 대안탑에 나올 수 있기를 두 손 모아 기원합니다.
태화 팔 년 구월 이십 일, 이추수 올림.

『자객전서』 2권에 계속…

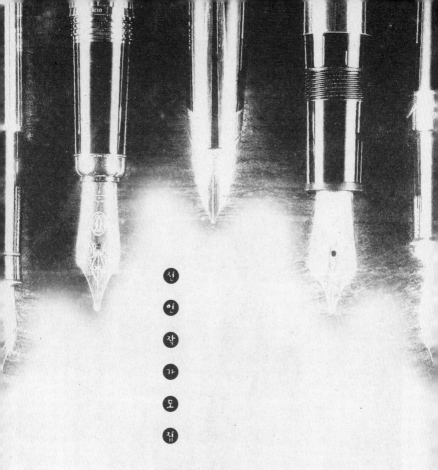

수선경

작은 샘이 바다로 모여들 듯,
만류의 법이 하나로 회귀하듯,
다섯 개의 동경이 드디어 하나로 모인다.

검을 만드는 사람과
검을 쓰는 사람,
그리고 검을 버리는 사람의 이야기!

천명을 타고 태어난 **청풍**과 **강검산**
그리고 혈로를 걸어온 살수 **타유**,
그들이 다섯 줄기의 피의 숙명과 마주한다.

Book Publishing CHUNGEORAM

유행이 아닌 자유추구 -
WWW.chungeoram.com

이경영 판타지 장편 소설
FANTASY FRONTIER SPIRIT

가즈 나이트 R

가즈나이트 R
Gods Knight R

이경영 판타지 장편 소설

이제는 그 전설조차 희미해진 옛 신계, 아스가르드.

그 멸망한 신계의 전사가 새로운 사명을 품고 다시금 인간들의 곁으로 내려온다.

렘런트라는 이름의 적들, 되살아나는 과거,
그리고 가치관의 차이.
그 모든 것들과 맞서 싸우려는 그녀 앞에 신은 단 한 사람의 전우를 내려준다.

그는 붉은 장발의, R의 이름을 가진 남자였다!

초대작 「가즈 나이트」의 부활!
신의 전사들의 새로운 싸움이 지금 시작된다!

FANTASTIC ORIENTAL HEROES

용훈 新무협 판타지 소설

무림공적, 천살마군 염세악!
검신 한호에게 잡혀 화산에 갇힌 지 백 년.

와신상담… 절치부심… 복수무한…

세월은 이 모든 것을 잊게 하고
세상마저 그를 잊게 만들었다.
하지만.

"허면 어르신 함자가 어찌 되시는지……."
우연한 만남, 자신도 모르게 튀어나온 원수의 이름.
"그게… 한, 한호일세."

허무함의 끝에서 예기치 않게 꼬인 행로.
화산파 안[in]의 절세마인, 염세악의 선택!

Book Publishing CHUNGEORAM

유행이 아닌 자유추구
WWW.chungeoram.com

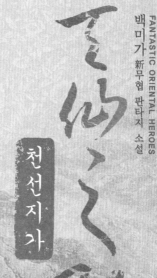

FUSION FANTASTIC STORY
월문선 장편 소설

머나먼 이계의 끝에서
다시 돌아온 남자의 귀환기!

『화려한 귀환』

장점이라고는 없던 열등생으로 태어나,
학교에서 당하는 괴롭힘을 버티지 못하고
자살이라는 극단적인 선택을 하게 된 남자, 현성.

"돌아왔다……, 원래의 세계로!"

이계에서 죽음을 맞이하게 된 현성은
자신을 죽음으로 내몰았던 현실 세계로 돌아오게 된다!

고된 아픔들, 그리웠던 기억들,
모든 것을 되살리며 이제 다시 태어나리라!

좌절을 딛고 일어나 다시 돌아온
한 남자의 화려한 이야기!
이보다 더 화려한 귀환은 없다!

Book Publishing CHUNGEORAM

유행이 아닌 자유추구 -
WWW.chungeoram.com

FUSION FANTASTIC STORY
건(建) 장편 소설

컨트롤러

Controller

세상에게 당한 슬픔,
약자를 위해 정의가 되리라!

『컨트롤러』

부모님의 억울한 죽음.
더러운 세상에 희롱당해
무참히 희생당한 고통에 분노한다!

"독하게… 살아가리라!"

우연한 기회를 통해 받은 다른 차원의 힘.
억울함에 사무친 현성의 새로운 무기가 된다.

냉정한 이 세상을 한탄하며,
힘조차 없는 약자를 대변하고자
내가 새로운 정의로 나서겠다!

Book Publishing CHUNGEORAM

유행이 아닌 자유추구 -
WWW.chungeoram.com